Nicci French

Sous le pseudonyme de Nicci French se cache un couple de journalistes, Nicci Gerrard et Sean French. Tous deux ont étudié la littérature anglaise à Oxford à la fin des années 1970 sans jamais se rencontrer. Ensuite, chacun a mené sa carrière de son côté dans le journalisme. Nicci collabore à l'*Observer* pour lequel elle traite notamment des grands procès d'assises ; Sean est chroniqueur littéraire pour divers magazines. Ils se croisent enfin en 1989, et décident de partager leur vie et leur écriture. Maniant l'art de jouer avec les nerfs et le suspense cousu main, ils rencontrent le succès dès leur premier thriller psychologique, *Mémoire piégée* (1997). Depuis, ils ont écrit une dizaine de romans à quatre mains – dont *Sourire en coin* (2005), *Charlie n'est pas rentrée* (2008) et *Jusqu'au dernier* (2009) parus au Fleuve Noir –, un travail singulier qu'ils définissent comme « une folie à deux ».

LES MORSURES DU DOUTE

DU MÊME AUTEUR
CHEZ POCKET

MÉMOIRE PIÉGÉE
FEU DE GLACE
DANS LA PEAU
LA CHAMBRE ÉCARLATE
AU PAYS DES VIVANTS
SOURIRE EN COIN
JEUX DE DUPES
AIDE-MOI
CHARLIE N'EST PAS RENTRÉE
LES MORSURES DU DOUTE

NICCI FRENCH

LES MORSURES DU DOUTE

Traduit de l'anglais
par Didier Sénécal

Fleuve Noir

Titres originaux :

A LAST-MINUTE PRESENT

GRIEF

THE PEOPLE WHO WENT AWAY

Le papier de cet ouvrage est composé de fibres naturelles, renouvelables, recyclables et fabriquées à partir de bois provenant de forêts plantées et cultivées durablement pour la fabrication du papier.

ISBN : 978-2-266-14857-3

Elles sont parties

Je m'appelle Joey. C'est le diminutif de Josephine Susan Weedon. J'ai huit ans un quart, et j'ai un papa, une maman, un frère, une sœur et deux chats, Minnie et Pippin, à part que Minnie est partie. Minnie et Pippin sont frère et sœur. On les a eus quand ils étaient encore de tout petits, petits chatons. Un jour, je suis descendue pour prendre mon petit déjeuner, et papa m'a dit, devine ce que je t'ai apporté. Je lui ai répondu, je sais pas. Il m'a conduite dans un coin de la cuisine, vers un carton recouvert d'une serviette. Il l'a soulevée, et dessous il y avait deux adorables chatons minuscules. Quelqu'un les avait donnés à papa dans une autre partie de l'Angleterre, et il les avait ramenés dans son camion. Il m'a dit qu'ils étaient à moi. C'est moi qui ai trouvé leurs noms. Minnie pour la noire avec des taches blanches, parce qu'elle était toute petite. Et Pippin pour le noir sans taches blanches, parce que ça m'a plu.

Au début, ils étaient si petits qu'ils dormaient blottis l'un contre l'autre dans une boîte à chaussures. Minnie était la plus espiègle et Pippin le plus timide. Minnie grimpait sur la jambe de papa, et papa criait parce qu'elle lui enfonçait ses griffes dans la jambe. Minnie était aussi la plus aventureuse. Elle voulait toujours sortir, mais ils n'avaient pas le droit avant d'avoir été vaccinés. Minnie sautait sur le rebord de la fenêtre et regardait dehors comme un chien. Après la piqûre, on les a laissés sortir, et Minnie est partie en courant et n'est jamais revenue. Papa a fabriqué une affiche avec la photo de Minnie et l'a collée sur les réverbères et sur les clôtures autour de notre maison. Des gens ont téléphoné parce qu'ils croyaient l'avoir vue, mais nous ne l'avons jamais retrouvée. Papa a dit qu'elle était sûrement heureuse là où elle était. J'ai juste pleuré un tout petit peu.

Pippin, lui, ne s'est jamais enfui. Il y a des nuits où il dort sur mon lit. Une fois je me suis réveillée, et il dormait contre mon cou. Maintenant qu'il a grandi, il ressemble exactement à une panthère, à part la taille. Il chasse aussi comme une panthère. Il attrape des souris, des rats, des écureuils et des oiseaux. Des fois il les remonte dans ma chambre et il les dépose à côté de mon lit. Des fois il préfère les manger. Quand il mange une souris ou un rat, il commence par la tête. Une nuit, alors que j'étais couchée, j'ai entendu un bruit, un peu comme des cailloux qui se cognent les uns contre les autres. Je me suis mise à crier. Papa est arrivé et il a allumé la lumière. C'était Pippin qui mangeait la tête d'un rat. Papa a emporté le rat, et moi j'ai caressé Pippin en lui disant qu'il était drôlement malin, mais aussi très méchant. Papa est revenu avec un seau d'eau parce qu'il restait des trucs sur la moquette. Il a tout nettoyé, puis il est allé vider le seau dans les toilettes. Ensuite il a éteint la lumière et il s'est allongé sur le lit à côté de moi. Dans ces cas-là, il est tellement énorme que le lit s'enfonce complètement. Quand j'étais petite, je pensais que le lit allait passer à travers le plancher. Une autre fois, Pippin a rapporté un oiseau qui était encore vivant. Mais il était en piteux état, alors papa a dû le mettre dans un sac en plastique et sortir l'achever contre un mur.

Papa voyage dans toute l'Angleterre avec son camion. Quand les gens ont quelque chose à un endroit et qu'ils veulent l'envoyer dans un autre endroit, ils lui téléphonent. Papa va les voir, ils lui donnent de l'argent pour charger leurs affaires dans son camion, et il les emporte jusqu'à l'autre endroit. Son métier, c'est de conduire, conduire, conduire sans arrêt. Un jour il m'a demandé, est-ce que tu sais à quoi je pense quand je suis au volant en pleine nuit ? J'ai répondu que je ne savais pas, et il m'a dit qu'il pensait à sa petite Joey. Je lui ai demandé s'il pensait aussi à maman, à Stevie et à Alison, mais j'étais drôlement contente. Des fois, quand il revient au milieu de la nuit, ou par exemple le soir où il a enlevé le rat, il s'allonge sur mon lit, il me caresse les cheveux en me racontant des histoires, et je sens l'odeur de savon sur sa peau. Il me raconte des contes de fées. Il dit qu'il les invente dans sa tête, mais j'ai retrouvé une de ces histoires dans un dessin animé.

Maman ne va pas très bien. Je ne sais pas quand elle est tombée malade. Je ne me souviens pas de l'époque où elle allait bien. La plupart du temps elle est couchée dans son lit, les yeux ouverts, et des fois les yeux fermés. Un jour, j'ai cru qu'elle était morte. Je l'ai secouée de toutes mes forces, mais impossible de la réveiller. Je suis allée voir Alison en hurlant, et Alison m'a envoyée à la confiserie avec 50 pence en me disant que tout allait s'arranger. Quand je suis revenue avec des bonbons acidulés, maman était assise dans son lit. Elle m'a dit qu'elle avait dû faire une grosse sieste et elle m'a serrée dans ses bras. Pourtant, elle sentait très bizarre, et sa figure n'était pas de la même couleur que d'habitude.

En rentrant de l'école, je monte à toute vitesse au premier étage et je m'assois au bout du lit de maman pour lui raconter ma journée, parce que Tess fait comme ça avec sa maman. Je lui raconte mes exercices d'orthographe, ce que j'ai mangé à midi et avec qui j'ai joué à la récré. Je joue toujours avec Tess, évidemment, parce que c'est ma meilleure amie. Je lui parle des chansons qu'on nous apprend. Et je lui dis que Rick a écrit des gros mots et collé des chewing-gums sous le plateau de sa table, et que la maîtresse l'a obligé à rester pendant la récré. Mais par exemple j'évite de lui dire que Benjy m'a cogné la tête contre un mur parce que j'avais fait tomber ses livres dans la boue sans le faire exprès. Ou que Miss Dawes, c'est le nom de ma maîtresse, m'a grondée très fort pour avoir encore oublié mes devoirs, jusqu'à ce que je me mette à pleurer. J'avais pourtant essayé de retenir mes larmes, pour que les autres ne me traitent pas de mauviette dans la cour de récré.

Des fois, quand je raconte ma journée à maman, elle me sourit, me caresse les cheveux et me pose des questions. D'autres fois, elle reste immobile et ne m'écoute pas. C'est comme si elle n'était pas là. Les lumières sont allumées, comme dit papa, mais il n'y a personne à la maison. Ça va mieux quand elle a pris ses médicaments. Elle recommence à sourire, à rire, à m'appeler sa petite poulette, à manger des chips avec moi, et elle s'en moque s'il y a des petits morceaux piquants qui glissent entre ses draps.

Un soir, j'ai demandé à papa ce qu'elle avait pendant qu'il me caressait la joue pour que je me rendorme. J'avais fait un cauchemar, mais je ne me souviens pas de quoi j'avais rêvé. Il m'a répondu qu'elle était malade. Je lui ai demandé, est-ce qu'elle va guérir ? Il m'a dit qu'elle n'avait pas vraiment de problème physique, que c'étaient juste des trucs dans sa tête et que parfois les gens n'ont pas de pire ennemi qu'eux-mêmes.

Je crois que maman est triste. Quand je l'ai dit à papa, il a éclaté de rire, il m'a embrassée, et il a répondu que dans ce cas-là je n'avais qu'à la rendre heureuse. Si j'y arrive, je suis sûre qu'elle guérira et qu'elle viendra m'attendre à la sortie de l'école avec les autres mamans. Moi, je rentre toute seule à la maison. Mais je m'en fiche. En général, je passe par la petite ruelle parce que c'est un raccourci, et puis aussi parce qu'il y a beaucoup de chats. J'espère toujours retrouver Minnie, mais je ne la vois jamais, même s'il y a un petit chat noir qui lui ressemble énormément, sauf qu'il a les quatre pattes blanches, alors que Minnie n'en avait que deux. Je ne dois pas marcher sur les lignes, et il faut que je retienne ma respiration entre le dernier réverbère et notre rue. Si j'y arrive, tout se passera bien, j'aurai de la gelée pour mon goûter, maman sera réveillée, papa rentrera de bonne heure à la maison, et ainsi de suite. Des fois je prends le chemin le plus long, parce que la ruelle me donne la chair de poule et que des grands garçons me suivent. Ils marchent juste derrière moi, ils accélèrent quand j'accélère, ils s'arrêtent quand je m'arrête. Alison les a aperçus un jour où elle rentrait plus tôt que d'habitude, et elle les a traités de crétins, mais ils ont recommencé dès qu'ils m'ont repérée la fois suivante.

Nous habitons au numéro 19, Banham Crescent. J'adore notre maison. Elle possède des tas de secrets, et il y en a que personne ne connaît, à part moi. J'ai une chambre pour moi toute seule sous les combles. Il faut monter un escalier très raide, et si vous êtes un adulte, vous êtes obligé de vous courber un peu pour ne pas vous cogner la tête. Papa l'a décorée pour moi, mais c'est moi qui ai choisi le papier. Il est bleu avec des papillons partout, et il va très bien avec ma couette bleue. Il y a des tas de poils de chat sur mon duvet, et Alison trouve ça épouvantable, mais moi je m'en fiche parce que Pippin fait partie de la famille. C'est juste une petite pièce avec les murs inclinés et une fenêtre dans le toit. Des fois je peux voir la Lune à travers la vitre. Il y a une espèce de grand tiroir sous mon lit, sinon je n'aurais pas de place pour ranger mes affaires. Il faut sortir complètement le tiroir pour découvrir le premier secret : une trappe et une échelle de corde toute repliée pour descendre dans la chambre d'Alison. C'est réservé aux incendies, et je n'ai pas le droit de m'en servir, mais un jour j'ai essayé, et comme la corde était un peu courte, je suis tombée pratiquement sur Alison. Mais elle ne m'a pas dénoncée.

Il y a un autre secret dans ma chambre, un vrai secret parce que personne ne le connaît : si j'ouvre ma fenêtre en grand, je peux descendre sur le toit plat et m'asseoir pour regarder tous les jardins. Ça me fiche un peu la trouille, mais c'est plutôt agréable. Je n'en ai jamais parlé à papa, et même pas à Tess. Un jour je me suis installée avec un sandwich au beurre de cacahuètes et mes cinq Beanie Babies préférées, et on a regardé les gens dans les jardins en inventant des histoires sur eux. J'étais comme une espionne. J'ai failli éclater de rire en voyant papa entrer dans la cabane à outils, alors pour m'arrêter j'ai retenu ma respiration et j'ai compté jusqu'à vingt avant de relâcher mon ventre. Une autre fois, j'ai vu un garçon grimper par-dessus un mur dans un des jardins des voisins et lancer un gros caillou dans une vitre qui s'est cassée en mille morceaux. Je n'en ai parlé à personne, parce qu'ils auraient su que je montais sur le toit et qu'ils m'auraient interdit d'y retourner. Une fois, j'y suis même allée en pleine nuit. Je n'arrivais pas à m'endormir et papa n'était pas encore rentré, alors je suis sortie en pyjama. Il faisait froid, et mes bras avaient la chair de poule, et j'avais peur parce que tout paraissait très différent dans l'obscurité. À chaque rafale de vent j'avais le cœur qui battait. Je ne suis pas restée longtemps dehors.

Stevie a une chambre très sombre et presque vide. Il ne fait jamais son lit et il laisse traîner des tas de vêtements partout, mais papa dit qu'il est assez grand pour faire sa lessive lui-même. Il dit que Stevie a de la chance de pouvoir encore disposer de sa chambre alors qu'il a un métier, qu'il gagne de l'argent, et qu'il n'est pratiquement jamais là. Dans la chambre d'Alison, les murs sont recouverts de posters de pop stars. Elle y passe beaucoup de temps. Je ne sais pas ce qu'elle peut bien y faire, à part écouter de la musique. Je sais qu'elle fume des cigarettes, parce que quand je joue dans le jardin, je la vois souvent se pencher par la fenêtre et souffler sa fumée vers le ciel. Je sais qu'elle les cache sous son matelas, parce qu'une fois j'en ai trouvé avec des bonbons à la menthe. Stevie fume aussi, mais lui il ne se cache pas. Papa le traite de petit con, mais Stevie continue à fumer sans lui répondre. Stevie ne dit presque jamais rien. Papa prétend qu'il a avalé sa langue, mais je crois plutôt qu'il est trop occupé à remuer des idées dans sa tête. Il fronce toujours les sourcils quand papa lui demande quelque chose, comme s'il n'avait pas le temps de lui répondre. Moi, au contraire, je suis une vraie pipelette. Je ne parle pas beaucoup à l'école, mais à la maison papa dit que je suis un moulin à paroles.

Il y a un placard-séchoir sur le palier, et c'est un autre secret, parce que vous pouvez ramper à l'intérieur et vous glisser dans un recoin. Une cachette idéale, même s'il fait un peu chaud là-dedans. Une fois j'y suis restée pendant une éternité, et personne ne s'est aperçu que j'avais disparu. Ils devaient penser que j'étais en train de jouer dans ma chambre, alors j'ai fini par ressortir sans rien dire à personne, pour garder le secret sur ma cachette préférée. Je l'ai juste montrée à Pippin. Les chats adorent la chaleur. Pippin se couche tout le temps sur les taches de soleil et il ronronne. Je trouve que les chats ont une vie agréable. Si je n'étais pas une fille, j'aimerais bien être un chat et passer mes journées à dormir au soleil.

Et puis il y a la chambre de papa et maman. Elle a une odeur différente et un grand placard avec des miroirs à l'intérieur des portes. Les affaires de papa sont rangées d'un côté, et celles de maman de l'autre côté. Maman a de jolis vêtements, et je trouve qu'elle devrait les mettre de temps en temps, parce que ça l'aiderait à se sentir un peu mieux. Un jour où pour une fois elle n'était pas dans sa chambre, j'ai essayé une robe rose toute brillante et des chaussures à hauts talons qui n'arrêtaient pas de se prendre dans l'ourlet de la robe, et j'ai mis du rouge à lèvres qui s'est un peu étalé sur ma figure. Maman n'en a jamais rien su, mais papa est entré pendant que je me regardais dans la glace. J'ai cru qu'il allait me gronder, mais pas du tout. Il m'a regardée, il m'a soulevée à sa hauteur, il a dit, regardez cette jolie petite dame, et il m'a embrassée sur les joues. Il pique beaucoup, et souvent il me fait mal en m'embrassant. Pourtant il se rase presque tous les matins, et j'aime bien le regarder. Il étale de la mousse sur toute sa figure, si bien qu'on ne voit plus que ses yeux et sa bouche toute rose, et puis il prend son rasoir pour tout gratter. Quand il a fini, il s'asperge d'eau froide et se frotte avec une serviette. Alors je lui caresse la peau parce qu'elle est douce et qu'elle sent bon.

Il y a une chambre d'amis au sous-sol. Elle est humide et sombre, même quand la lumière est allumée. La fenêtre est à la hauteur du trottoir, et on peut apercevoir les jambes des passants. Comme personne n'y habite plus, papa y range des cartons et des trucs qui ne marchent plus, comme le four à micro-ondes qui a explosé avec une odeur de brûlé. J'aime bien y aller pour faire du trampolino sur le grand lit. Dans la cuisine, on peut enlever un panneau sous l'évier et voir des tas de tuyaux et de fils pleins de poussière. Il y a aussi un petit séjour où est installée la télé, même qu'Alison et Stevie n'arrêtent pas de se disputer pour choisir la chaîne.

Le jardin est assez grand. Il y a des fleurs et un arbre. Je peux grimper dedans jusqu'à mi-hauteur et m'allonger sur la grosse branche. L'été, quand il y a plein de feuilles, personne ne peut me repérer. L'herbe est très haute au fond du jardin, près de la cabane à outils de papa, et je rampe dedans comme un serpent. Je trace des chemins avec mon corps.

Des fois j'aimerais bien que Tess vienne jouer avec moi, mais papa me dit toujours, seulement quand maman ira mieux. Je joue avec elle dans la rue, et à l'école bien sûr, mais à la maison je joue toute seule parce que Alison est trop vieille. J'ai onze Beanie Babies et deux poupées. Tess dit que je suis trop grande pour jouer à la poupée, mais je m'en fiche. Et aussi l'ours en peluche que ma tante m'a donné le jour où je suis sortie de l'hôpital. Il s'appelle Tabby et il est tout maigre parce que je l'ai trop serré dans mes bras. J'ai trois puzzles qui sont devenus trop faciles. Une boîte à musique : quand vous ouvrez le couvercle, la ballerine se met à tourner sans arrêt. Et une grande boîte en bois où je range mes histoires préférées, mes plus beaux dessins et mes objets secrets, comme ma lampe-porte-clefs, mon cheval en porcelaine, mon manchot en peluche et mon cochon en verre avec à l'intérieur les cinq pièces de monnaie que papa m'a données. Je cache la boîte dans le tiroir qui est sous mon lit, parce que je suis la seule à avoir le droit de regarder ce qu'il y a dedans, à part Pippin bien sûr.

Alison dit que ce n'est pas bien d'avoir des secrets, mais tout le monde a des secrets. Elle, elle a ses cigarettes, et elle croit que personne n'est au courant. Je parie que papa aussi est au courant, parce qu'il lui a dit, un jour, Alison, tu ne peux rien me cacher. J'ai des yeux derrière la tête. Il n'en a pas vraiment, bien sûr, c'est juste une expression.

Un jour on a sonné à la porte et je suis allée ouvrir. C'était une dame. Elle était plus vieille que maman, mais moins vieille que ma mamie qui est morte. Elle avait la figure très blanche, avec du gris sous les yeux, si bien qu'on aurait dit une sorcière. Elle m'a demandé si ma maman était là. Je lui ai répondu qu'elle était malade et couchée dans son lit. Elle a demandé à la voir. Je lui ai dit qu'elle dormait : maman est presque tout le temps en train de dormir. Alors elle m'a demandé si papa était là. Je lui ai répondu que non, mais qu'il devait rentrer d'une minute à l'autre. Elle m'a regardée bizarrement, comme si elle pensait à quelque chose.

— Je cherche Cathy. Tu vois qui je veux dire ?

— Oui.

— Est-ce qu'elle est ici ?

— Non.

— Où est-elle ?

— Elle est partie. Vous êtes la maman de Cathy ?

— Oui, c'est ça. Est-ce que tu la connaissais bien ?

— Évidemment.

Bien sûr que je la connaissais. Elle venait habiter chez nous de temps en temps. Maman disait que la maison était comme une auberge. Cathy dormait dans la chambre du sous-sol. Elle aidait un peu papa et maman, elle faisait le ménage et elle jouait un peu avec moi. Des fois elle s'en allait, et puis elle revenait, mais un jour elle est partie et elle n'est plus revenue. Alors je suis allée dans sa chambre pour jouer avec ses affaires. Maman allait un peu mieux à cette époque-là. Elle m'a rejointe dans la chambre de Cathy et m'a dit que je ne devais pas jouer avec ses affaires. Le lendemain, quand j'y suis retournée, tout avait disparu, et maman m'a dit que Cathy était venue récupérer ce qui lui appartenait.

La maman de Cathy est entrée dans la cuisine et a examiné tous les objets, sans m'adresser la parole. Alors je suis allée chercher Pippin, et je lui ai raconté l'histoire de Pippin et Minnie. Quand papa est arrivé, il m'a envoyée dans ma chambre. Je me suis mise à regarder par la fenêtre. De l'autre côté de la rue, il y a une dame qui passe ses journées à regarder par la fenêtre. Papa dit qu'elle est folle. Des fois elle me fait un signe de la main, et je lui réponds. J'ai fait un signe à la maman de Cathy quand elle est sortie de chez nous, mais elle ne m'a pas vue.

Tess me fait de la peine. Je vais jouer chez elle une ou deux fois par semaine. Nous nous amusons avec ses poupées, ou bien nous jouons à cache-cache et à chat, ou alors nous allons voir son lapin et son cochon d'Inde dans le jardin. Ils habitent dans le même clapier, et Tess dit qu'ils s'adorent. Le lapin, qui s'appelle Peter, a une fourrure très douce et très agréable à toucher. Quand on l'a caressé, il part en courant, puis il revient se faire caresser, puis il repart, et ainsi de suite. Le cochon d'Inde s'appelle Piggy. C'est un nom idiot. Piggy est très timide et il n'aime pas qu'on le caresse, sauf une fois de temps en temps. Quand on s'approche, il file se cacher au fond du clapier. Ce qu'il y a de bizarre avec Piggy, c'est qu'il ne pousse pas des petits cris comme une souris ou comme un hamster. Il gazouille comme un oiseau. La première fois que je l'ai entendu, je n'en croyais pas mes oreilles. Il peut faire des tas de gazouillis différents. Quand on a un cochon d'Inde, c'est un peu comme si on avait dix oiseaux différents.

Quand je goûte chez Tess, on mange des chips, ou des haricots, ou des croquettes de poisson. À la maison, c'est Alison qui me prépare mon goûter, et quand elle n'est pas là, je peux manger des céréales, ou un morceau de chocolat, ou tout ce dont j'ai envie. En rentrant de son travail, le papa de Tess regarde la télé. Un jour Tess a cassé une vitre avec un ballon, et son papa n'a pas pu la réparer. Son père et sa mère se sont disputés, et puis sa maman a téléphoné à quelqu'un pour qu'il vienne la réparer. Ils ont retenu l'argent de poche de Tess pendant une semaine entière pour le payer. Moi, mon papa peut réparer n'importe quoi, même si ce n'est pas son métier. Il a déjà réparé des fenêtres. Il mélange une sorte de pâte à tartiner avec un bâton de sucette, et ensuite il s'en sert pour coller les vitres. Il a aussi construit un mur dans le jardin.

La dame est revenue. Celle qui est la maman de Cathy. Il y avait une autre dame avec elle. Je lui ai demandé si Cathy était rentrée chez elle. Elle m'a dit non, on n'arrive pas à la retrouver, elle a disparu. Elle m'a demandé si je me souvenais de quelque chose à propos de Cathy.

J'avais des tas de souvenirs. Je me rappelais son odeur. Elle se lavait tellement qu'elle sentait tout le temps le parfum. Elle avait un œil qui n'était pas tout à fait comme l'autre. Elle avait l'air inquiet. Elle avait de grosses chaussures brillantes qui résonnaient sur le sol. À part moi, elle était la seule à pouvoir prendre Pippin dans ses bras. Quand j'entrais dans la salle de bains pendant qu'elle prenait son bain, elle me disait de sortir. Des tas de souvenirs. J'ai essayé de deviner où elle était, mais j'ai dû avouer à sa maman que je n'en savais rien.

Elle m'a demandé si je me rappelais la dernière fois où je l'avais vue. C'était impossible, puisqu'elle ne m'avait pas dit au revoir. Elle ne disait jamais au revoir. Elle allait et venait sans prévenir personne. Quand papa nous a rejointes, il lui a interdit de me poser des questions, et il m'a dit d'aller voir si Pippin allait bien.

Le soir, quand papa est entré dans ma chambre, je lui ai demandé où était Cathy. Il m'a répondu qu'il n'en savait rien.

— Est-ce qu'elle est partie ?

Il a eu l'air un peu fâché.

— Bien sûr qu'elle est partie. Qu'est-ce que tu t'imagines ?

— Mais où est-elle ?

— Comment veux-tu que je le sache ?

Un autre jour où papa n'était pas là, Alison est entrée

dans ma chambre alors que j'étais couchée sur mon lit. C'est bizarre : quand Alison vient me voir dans ma chambre, elle frappe à la porte comme si c'était ma maison et qu'elle frappait à la porte d'entrée. Alors quand je suis là, je dis entrez, et elle ouvre. Elle s'est assise sur le bord de mon lit. Pippin était couché avec moi. Elle lui a caressé la tête, et il a ronronné doucement, tout doucement, comme si le bruit venait de l'intérieur de son ventre. Et puis elle a laissé Pippin pour me caresser les cheveux. Ça a vexé Pippin, qui s'est mis à lui pousser le bras, si bien qu'elle a dû recommencer à s'occuper de lui. Elle voulait savoir si tout allait bien. Je lui ai dit que oui et je lui ai demandé où était papa.

— Quelque part avec son camion.

— Et maman ?

— Dans son lit.

— Est-ce qu'elle va mieux ?

— Je ne pense pas qu'elle soit vraiment malade, a dit Alison.

— Elle est fatiguée ?

Alison s'est relevée sans un mot. J'ai cru qu'elle voulait s'en aller, mais elle a fermé la porte avant de revenir s'asseoir sur mon lit.

— Tu as parlé avec cette femme ?

— Avec la maman de Cathy ?

— Oui.

— Cathy était gentille. Et aussi rigolote.

— Oui.

— Pourquoi ils n'arrivent pas à la retrouver ?

— Tu as demandé à papa ?

— Oui.

— Qu'est-ce qu'il t'a répondu ?

— Il m'a dit : « Comment veux-tu que je le sache ? » Il avait l'air fâché.

Tout d'un coup Alison s'est penchée vers moi et m'a prise dans ses bras. Elle me serrait tellement fort que je ne pouvais plus respirer et qu'elle risquait d'écraser Pippin.

— Ouille !

— Excuse-moi. Tout va bien, Joey ?

— Oui, bien sûr.

Elle m'a examinée de près.

— Tu en es certaine ? Tu n'as pas de problèmes ?

— Quoi ?

— Tu ne te sens pas un peu bizarre ?

— Non.

J'ai regardé Alison. Elle se mordait les lèvres comme les gens qui s'apprêtent à faire quelque chose, comme par exemple à sauter du haut du grand plongeoir.

— Tu te souviens de tante Sal ?

— Bien sûr.

— Tu l'aimes bien, non ?

— Bien sûr.

— Qu'est-ce que tu dirais d'aller habiter chez elle ?

— Pourquoi ?

— C'est juste une supposition.

— Je ne veux pas y aller.

Alison a pointé l'index sur moi, et puis son doigt s'est rapproché jusqu'à me toucher le bout du nez. Elle a fait :

— Bip !

J'ai éclaté de rire, et alors je me suis aperçue qu'elle pleurait.

— Je t'aime, Joey. Et toi, est-ce que tu m'aimes ?

— Bien sûr.

— J'ai essayé de t'aider. J'ai essayé de… m'interposer.

— Pourquoi ?

— Mais je crois que tu vas bien. Il t'aime. Tu es spéciale à ses yeux.

Alison m'a embrassée sur le front, comme maman le faisait autrefois.

— Tu ne m'oublieras pas, hein ? Tu ne m'oublieras jamais, jamais ?

Et elle est sortie de ma chambre.

Des fois, quand papa vient me voir la nuit, il est complètement essoufflé, comme si ma chambre était tout en haut d'une montagne et qu'il était monté en courant jusqu'au sommet. Ces jours-là il ne s'allonge pas sur mon lit. Il regarde debout par la fenêtre, et les lumières dans la rue rendent sa figure toute jaune. Il reste comme ça jusqu'à ce qu'il ait repris sa respiration. Ensuite il marche en rond dans la chambre, sans s'approcher, comme si mon lit était électrique.

Le soir où papa est revenu dans ma chambre, il est resté longtemps devant la fenêtre.

Je lui ai dit que je ne voulais pas m'en aller de la maison.

Il s'est retourné. À cause des lumières de la rue, je ne voyais pas du tout sa figure. Ce n'était qu'une forme toute noire. J'ai eu peur qu'il soit fâché, mais il m'a parlé d'une voix très douce, comme quand il me chuchote à l'oreille pour me dire qu'il m'aime.

— Pourquoi quitterais-tu la maison ?

— Je ne sais pas.

— Quelqu'un t'a raconté des histoires ?

Je n'ai pas répondu. Ses pas ont résonné sur le sol, et j'ai senti qu'il se couchait à côté de moi dans le noir. Il m'a caressé les cheveux. Sa voix était très calme.

— Qui ?

— Alison.

— Qu'est-ce qu'elle t'a dit ?

— Que j'irai peut-être habiter chez tante Sal. Mais je ne veux pas y aller.

J'ai senti son souffle, puis ses lèvres sur ma figure.

— Tu es ma petite fille, Joey. Je ne te laisserai jamais partir.

Je lui ai rendu son bisou. Il ne disait plus rien. J'entendais juste sa respiration. Peut-être qu'il s'était endormi.

Papa est venu me chercher à l'école. Il ne vient jamais m'attendre à la sortie de la classe. Il est toujours parti loin, très loin, au volant de son camion. Souvent, pendant les cours, je me mets à rêver et j'entends des mots qui viennent de très très loin. La maîtresse dit que je suis dans la lune, mais en fait je pense à mon papa qui est en train de conduire son camion à des centaines de kilomètres de là. Ça me donne des frissons de savoir qu'il est à l'autre bout de l'Angleterre, dans un endroit où rien n'est pareil qu'ici, pendant que la maîtresse nous lit des histoires, ou nous fait dessiner des cartes, ou bien nous explique comment on construisait les châteaux forts.

Mais ce jour-là, il était derrière les grilles de l'école quand je suis sortie. Au début je ne l'ai pas vu parce que je ne m'y attendais pas, alors il a klaxonné et il m'a fait un grand geste de la main. Il était garé sur le passage piétons, là où personne n'a le droit de s'arrêter. J'ai couru vers lui, il s'est penché pour m'ouvrir la portière, et je suis montée. C'est dur de grimper parce que la cabine est drôlement haute, mais il m'a tirée par le bras pour que je puisse m'asseoir sur la banquette. Il y a trois places à l'avant, et je m'installe toujours sur celle du milieu, juste à côté de papa.

Il avait l'air un peu bizarre. Sa figure était toute rouge et ses yeux brillaient. Mais il m'a fait un gros bisou.

— Comment va ma petite princesse ?

— Je n'aimerais pas être une princesse.

— Pourquoi ?

— Parce que je préfère habiter avec toi et maman et Stevie et Alison.

— Les gens ne peuvent pas vivre ensemble éternellement. Les gens finissent toujours par partir.

— Comme Cathy.

— Oui, comme Cathy.

— Mais moi je ne partirai jamais. Je veux rester avec toi et avec maman pour toujours.

Il a démarré son camion, mais il n'est pas rentré directement à la maison. On est allés dans un café, et il a dit que je pouvais manger et boire tout ce que je voulais. Je n'avais pas très faim, mais j'ai quand même demandé une limonade et une tranche de cake. Il était tout sec, comme un très vieux gâteau, et je n'ai rien pu avaler. Papa a commandé une tasse de café, mais lui non plus il ne l'a pas bue. Il a juste mélangé des tas de morceaux de sucre. Comme il ne disait rien, je lui ai demandé où il était allé aujourd'hui avec son camion. Il m'a répondu, à droite à gauche. Ensuite on est retournés à la maison.

Maman était couchée. Je suis entrée dans sa chambre sur la pointe des pieds. Elle était allongée sur le lit, les paupières entrouvertes, mais on ne voyait que le blanc de ses yeux. Elle avait la bouche à moitié ouverte, ses médicaments étaient posés par terre, elle faisait un bruit mouillé, comme quelqu'un qui renifle. Elle avait aussi une drôle d'odeur, et plein de saletés dans les rides de son cou. Quand je suis descendue prévenir papa, il m'a dit qu'elle était dans un de ses mauvais jours et qu'il ne fallait pas la déranger.

Je suis allée dans ma chambre, je me suis assise sur mon lit, et comme Pippin était là, je l'ai gratté sous le menton. Il a ronronné, ronronné, et puis il est parti, la queue en l'air. Alors j'ai regardé par la fenêtre. J'ai vu papa dans le jardin. Il est allé jusqu'à la cabane à outils en portant quelque chose, et il est revenu. J'ai tapé au carreau, mais il ne m'a pas entendue. J'ai sorti ma boîte à secrets de sous mon lit et je l'ai ouverte. Elle contient un cahier dans lequel j'écris des choses. Comme je ne savais pas trop quoi écrire, j'ai juste dessiné papa au volant de son camion, et en dessous des tas de voitures et de vélos. Il avait l'air tout seul, là-haut dans sa cabine, alors j'ai rajouté un dessin de moi, assise à côté de lui.

Je suis redescendue, parce que j'avais faim et que c'était l'heure du goûter. D'habitude Alison me prépare des haricots sur des toasts, ou bien des œufs durs et des sandwiches, mais elle n'était pas là. La nuit tombait, et papa était toujours dehors. Je suis sortie sur la pelouse. Notre maison a toujours l'air très confortable quand il commence à faire sombre, surtout quand les lumières sont allumées et les rideaux tirés. J'ai appelé papa. Il est sorti de la cabane à outils et m'a demandé ce qui se passait.

— Je veux mon goûter.

— Oh… Qu'est-ce que tu veux ?

Il avait l'air un peu bizarre.

— Je ne sais pas. C'est Alison qui décide d'habitude.

— J'ai une idée. *Fish and chips*. Qu'est-ce que tu en penses ?

On ne mange jamais de *fish and chips*, sauf quelquefois le week-end. J'aime ça avec beaucoup de sel, un peu de vinaigre et du ketchup. Les frites sont grosses et toutes molles, pas du tout croustillantes comme chez Tess. Le poisson aussi est mollasson. Je n'arrive jamais à le terminer, mais j'aime bien prendre des morceaux de poisson dans le sac avec mes doigts.

On est donc allés chercher des portions au « Fish and Chips » de Staines Road. Comme j'étais fatiguée, papa m'a montée sur ses épaules, et je me suis accrochée à ses cheveux. J'ai dû marcher sur le chemin du retour, parce qu'il portait le sac de nourriture, mais il me tenait la main très fort, et je me sentais en sécurité malgré l'obscurité, malgré les ombres qu'on apercevait partout, et malgré le monsieur allongé devant une porte. Il avait l'air malade, un peu comme maman, mais papa m'a entraînée loin de lui.

— Et Alison ? Peut-être qu'elle veut aussi du *fish and chips* ?

Je n'ai pas parlé de Stevie parce qu'il rentre tard, quand je suis déjà couchée. Je l'entends monter l'escalier. Ses pas résonnent très fort : poum, poum, poum.

— Ne t'occupe pas d'Alison, a dit papa.

Il a ouvert une bouteille et bu au goulot. Je voyais sa gorge se gonfler. Glouglou.

— Où est Alison ?

Papa n'a pas répondu. Il m'a soulevée de ma chaise pour m'installer sur ses genoux, il m'a caressé les cheveux, et je me suis blottie contre lui.

— Joey ?

— Oui.

— Tu aimes ton papa ?

— Je t'aime tout plein, tout plein.

C'est comme ça que je lui parlais quand j'étais petite.

— Tant mieux. Parce que ton papa t'aime plus que tout au monde.

J'ai entendu un drôle de bruit à l'étage, comme si quelqu'un ne pouvait pas s'arrêter de tousser.

— C'est maman ?

— Ne t'occupe pas de ça.

L'horrible bruit continuait.

— Est-ce qu'elle va mieux ?

— C'est possible.

— On ne dirait pas, à l'entendre.

Il a mis trois frites dans sa bouche et les a mâchées lentement.

— Si tu pouvais faire trois vœux, qu'est-ce que tu choisirais ? Moi je voudrais que maman guérisse, que Minnie rentre à la maison, et le troisième je ne sais pas. Je n'ai besoin de rien d'autre. Je veux juste que tout continue comme aujourd'hui.

J'étais couchée dans mon lit et j'écoutais les bruits qui venaient d'en bas. Maman ne toussait plus. Stevie n'était pas rentré. Alison non plus. Tout était tranquille. Et puis mon escalier a craqué. J'ai serré mon ours en peluche contre moi, en silence, les yeux fermés pour faire mine de dormir.

— Joey ?

Papa s'est assis sur mon lit et m'a caressé les cheveux.

— Raconte-moi une histoire.

Mais il ne m'a pas raconté d'histoire. Il a continué à me caresser les cheveux et m'a dit de m'endormir.

— J'ai peur.

— De quoi as-tu peur, Joey ?

— Je ne sais pas. Du noir et du vent.

— Tu n'as aucune raison d'avoir peur. Ton papa est là.

Il s'est allongé à côté de moi. Il était aussi énorme et aussi chaud qu'un ours dans sa tanière. Au bout d'un moment, j'ai entendu comme un bruit de moteur, et des reniflements. Soudain, j'ai compris ce qui se passait.

— Papa, pourquoi tu pleures ?

— C'est Alison. Elle nous a quittés.

— Pourquoi ?

— Elle voulait partir de la maison. Elle disait qu'elle était adulte. Elle est partie. Mais toi, Joey, tu ne partiras jamais, hein ?

— Non, non, jamais.

— Même lorsque tu seras grande.

— Non, jamais.

Il m'a serrée dans ses grands bras, et moi aussi je l'ai serré avec mes bras beaucoup trop courts pour faire le tour de son dos. Nous avons pleuré tous les deux, et puis je me suis endormie.

Il y a eu beaucoup de soleil au cours des jours suivants. Papa ne partait presque plus. Il disait qu'il voulait s'occuper de moi. Il disait qu'il ne voulait pas me perdre de vue. Sauf quand j'allais jouer chez Tess. La maman de Tess me demandait toujours des nouvelles de ma maman, et je lui répondais qu'elle allait mieux et qu'elle serait bientôt guérie. Elle m'a aussi demandé des nouvelles d'Alison, et je lui ai dit qu'elle était partie de la maison. Elle a trouvé qu'Alison était vraiment jeune pour quitter sa famille. Je lui ai dit qu'elle me manquait beaucoup et que moi je ne partirais jamais, même quand je serais grande. La maman de Tess a éclaté de rire :

— Même quand tu seras mariée ?

Je lui ai répondu que je ne me marierais jamais, et que même si je me mariais, je pourrais très bien rester chez nous.

Un jour, Tess m'a téléphoné pour me dire que son lapin Peter était mort et pour m'inviter à son enterrement. J'ai dit d'accord. Peter était un lapin complètement idiot. Il restait assis dehors, même quand il pleuvait. D'après le papa de Tess, c'est ce qui s'était passé : la pluie l'avait mouillé, le vent l'avait refroidi, et le lendemain matin on l'avait retrouvé mort à côté de son écuelle. C'est Tess qui l'avait découvert. Elle était allée lui dire au revoir avant de partir pour l'école, et elle l'avait trouvé couché par terre. On voyait son ventre blanc : jusque-là elle ne s'était jamais douté qu'il avait le ventre blanc. Elle l'avait touché, et elle s'était rendu compte qu'il était glacé et dur comme de la terre gelée.

Le papa de Tess a creusé un trou dans le jardin. Il a mis Peter dans un carton et l'a recouvert avec des journaux. Comme le trou était à peine plus grand que le carton, il a dû forcer pour le faire rentrer. Et puis il a rebouché le trou avec de la terre, et il nous a demandé de penser à Peter en gardant le silence. Moi, j'ai pensé que Peter allait rester pour toujours seul et glacé dans son trou, même quand je serais plus vieille, même si je partais ailleurs.

Un jour, pendant que j'étais en train d'écrire une histoire sur Pippin, la maîtresse s'est assise à côté de moi pour lire par-dessus mon épaule. Miss Dawes avait une odeur de fleurs. Quand elle a terminé sa lecture, elle m'a demandé :

— Quel âge a ta sœur ?

— Je ne sais pas. Elle est assez vieille.

Elle n'a rien répondu, mais elle est restée assise, un peu comme si elle avait cherché quelque chose à dire. J'ai continué à écrire.

— Tu te sens bien, Joséphine ?

— Très bien, Miss Dawes.

— Si jamais tu avais un problème, si quelque chose te préoccupait, n'hésite pas à venir m'en parler.

— Pourquoi ?

— Quand on a des soucis, cela soulage d'en parler aux autres.

Les adultes disent toujours ça. Ils répètent sans arrêt : « Est-ce que ça va ? » Mais ils s'attendent toujours qu'on leur réponde : « Très bien, merci. »

Je peux faire comme si ma maison était n'importe quoi d'autre. Des fois une forêt, d'autres fois un palais ou un paquebot. Cette fois-ci, c'était un château. Papa m'a raconté l'histoire de *La Belle au bois dormant*, que je connaissais déjà. Elle entre dans une tour où elle n'est jamais allée, elle rencontre une vieille dame en train de tisser avec son rouet, elle lui demande si elle peut l'aider, et alors elle se pique le doigt et s'endort pendant cent ans. Papa sait comment fonctionne un rouet, il m'en a même dessiné un. Donc j'étais la Belle au bois dormant, je fouillais dans le château, et la tour dans laquelle je n'étais jamais entrée, c'était la chambre d'Alison. À l'intérieur, son lecteur de CD était posé par terre, avec ses CD empilés à côté. Ses flacons étaient alignés près du miroir. J'ai ouvert son tiroir : ses culottes, ses chaussettes, ses collants, ses T-shirts, ses soutiens-gorge étaient tous dedans. Ses chaussures et ses vestes étaient toutes dans le placard.

Quand je me suis retournée, j'ai vu que papa se tenait debout derrière moi. Je lui ai dit que je jouais à la Belle au bois dormant. Il m'a soulevée dans ses bras, et puis il m'a installée sur le lit d'Alison en s'agenouillant devant moi.

— Qu'est-ce que tu as trouvé ?

— C'est la tour. La tour du château.

Il a pris une grosse voix :

— Dis-moi ce que tu as trouvé.

— Les affaires d'Alison.

— Pourquoi sont-elles ici, à ton avis ?

— Je ne sais pas.

— Mais qu'est-ce que tu en penses ?

— Je ne sais pas.

— Elle les a peut-être oubliées, non ?

J'ai failli répondre : « Comme Cathy. » Mais je me suis retenue. J'ai juste dit oui, et il m'a regardée droit dans les yeux. Alors il m'a reprise dans ses bras et il m'a serrée contre lui.

— Est-ce que tu sais quelle est la personne que j'aime le plus au monde ?

— Moi ?

— Quand tout va mal, quand je me sens seul, je pense à ma petite Joey.

— Et alors tu es heureux.

Il m'a emportée en dehors de la chambre.

Un jour où j'étais en classe avec Miss Dawes, Miss Siegel est entrée avec une autre dame plus jeune. Miss Siegel est la directrice de l'école. Elle m'a regardée avant de chuchoter quelque chose à l'oreille de Miss Dawes. À leur tour, Miss Dawes et l'autre dame m'ont regardée. Alors Miss Siegel a dit à la classe que l'autre dame allait les garder un petit moment et qu'ils allaient tous jouer à un jeu. Elle est venue vers moi avec un grand sourire et elle m'a demandé de la suivre d'une voix mielleuse. Miss Dawes aussi souriait de toutes ses dents. On aurait cru que c'était mon anniversaire. Elles m'ont prise par la main, et tous les élèves me regardaient. Ils ne comprenaient pas ce qu'il m'arrivait. Elles m'ont fait passer par la salle des profs, où je n'étais encore jamais allée. Puis je suis entrée dans un bureau où nous attendaient une dame avec un gros pull marron et un policier. La dame avait des cheveux bruns tout frisés, un peu comme un ours en peluche, et elle aussi elle souriait. Elle s'est agenouillée pour être à ma hauteur.

— Bonjour, Joey. Je m'appelle Susie. Je vais m'occuper de toi pendant quelque temps. J'espère que nous serons amies. D'accord ?

— D'accord.

Elle s'est relevée pour discuter avec Miss Siegel et avec le policier. Quand elle me parlait, on aurait dit une petite fille, mais en se redressant elle avait repris sa voix d'adulte. Et elle leur parlait de moi comme si je n'étais pas là.

— Pouvons-nous passer prendre ses affaires ?

— Vous croyez que c'est une bonne idée ? a demandé Miss Siegel.

— Elle saura au moins à quoi s'en tenir, a répondu Susie.

— D'accord, a dit Miss Siegel.

Miss Siegel m'a serrée dans ses bras un peu comme une tante ou comme une maman.

— Bonne chance, Joey.

Je lui ai demandé :

— Vous pleurez ?

— Oui, un peu.

À la maison, c'était incroyable. Il y avait environ cinquante personnes sur place. Elle était recouverte par une espèce de bâche en plastique gigantesque, si bien qu'on ne pouvait plus rien voir. Sur le trottoir, une foule de gens essayaient de jeter un coup d'œil, mais des policiers les empêchaient de s'approcher. Il y avait aussi quatre camionnettes et un gros camion, et à peu près cinq voitures de police, et deux fourgons de la police, et encore un camion. J'ai donné la main à Susie. Il y avait un ruban en plastique noir et jaune en travers de la rue. Susie s'est pliée en deux pour l'éviter, mais moi je suis restée toute droite et il ne m'a même pas effleuré la tête. J'ai regardé avec un petit sourire les gens qui n'avaient pas le droit de passer. Ils m'ont tous dévisagée comme si j'étais un animal bizarre dans un zoo. Susie a dit quelque chose à un policier qui m'a lui aussi lancé un drôle de coup d'œil. Il lui a répondu, elle lui a reparlé, et il a dit d'accord, avant de nous accompagner.

La façade de la maison n'était pas recouverte d'une seule bâche, mais de deux, comme des rideaux tirés l'un contre l'autre. Nous nous sommes glissés dans l'espace entre les deux bâches. À l'intérieur, c'était plein de gens en train de taper ou de gratter. Dans l'entrée, un monsieur avait arraché les lattes du plancher et les avait appuyées contre le mur. Le côté qu'on voyait d'habitude était bien ciré, mais le dessous des planches était couvert de poussière et de cochonneries. J'ai regardé dans le trou, et ça brillait à l'intérieur. J'aurais aimé que Tess soit là. On voyait les gros bouts de bois sur lesquels les planches étaient clouées, des fils de toutes les couleurs et des tuyaux vraiment très très vieux qui avaient peut-être cent ans. En dessous, c'était tout vide, et on voyait jusqu'au sous-sol. La lumière était allumée en bas, et il y avait un autre monsieur. J'apercevais le dessus de son crâne chauve.

Ils avaient creusé des trous dans le mur du salon. Les

petits morceaux de bois, de pierre et de brique ressemblaient à des flocons de poussière. Il y en avait partout, sur le canapé, sur le tapis, sur la table, sur la télé.

— Où est papa ?

— Il n'est pas là, m'a répondu Susie.

— Il doit être dans son camion.

— Non, il n'est pas dans son camion.

— Ah bon. Est-ce que maman est couchée ?

— Elle n'est pas là non plus.

— Ah bon.

On est montées à l'étage. J'ai jeté un coup d'œil dans le jardin. Il était plein à craquer. Ils avaient amené une pelleteuse par la petite allée, derrière la cabane à outils, et abattu le mur. Une tente en plastique blanc recouvrait à peu près la moitié du jardin. Les hommes avaient l'air habillés dans la même matière que la tente, et ils rampaient par terre. La pelleteuse était en train de creuser. L'herbe avait complètement disparu. J'avais souvent creusé, mais c'était juste de la terre. La pelleteuse, elle, était descendue très profond, et ce n'était plus vraiment de la terre. Elle sortait une espèce de bouillasse toute molle et marron. Comme il pleuvait, il y avait une petite mare au fond du trou.

Ils avaient découvert ma cachette dans le placard-séchoir. Ils avaient arraché tout le placard, si bien qu'il n'y avait plus de cachette. C'était complètement ouvert. Ça m'a fait de la peine. Susie aussi avait l'air triste. Elle m'a serré la main. Je lui ai dit où était ma chambre, et nous avons monté l'escalier. Le policier nous suivait avec deux cartons. Susie m'a dit que j'allais habiter ailleurs et que je pouvais emporter mes affaires. Comme j'ai à peu près quatorze livres, je les ai mis dans un des cartons. Et tout le reste aussi : mon ours Tabby, mes onze Beanie Babies, ma boîte à secrets, mon dauphin encadré, ma lampe de poche, mon pot en porcelaine, mon cheval en porcelaine, mon manchot, la photo de moi avec un bébé chèvre au zoo, ma boîte à musique, mon cochon-tirelire, ma poupée Jasmine, mon poster de chien, mon flacon jaune, mon oreiller en forme de hibou, mon petit panier, les vêtements de Jasmine, une autre poupée, ma pendule, mon napperon et mon xylophone.

— Rien d'autre ? m'a demandé Susie.

— Bien sûr que si.

Je savais très bien où il était. J'ai ouvert le tiroir sous mon lit parce que c'est là que Pippin se cache quand il y a du monde à la maison. Susie a eu l'air contrariée quand je lui ai parlé de Pippin.

— C'est mon meilleur ami. Et Tess est ma deuxième meilleure amie.

Susie a trouvé un carton encore plus petit, et on a mis Pippin dedans. Ça ne lui plaisait pas du tout, et il a essayé d'en sortir. Quand on a joint les quatre morceaux du couvercle, il a essayé de glisser sa patte par la petite fente, et j'ai dû la repousser à l'intérieur. Dès qu'on s'est assises dans la voiture, il a commencé à gratter et à faire un bruit que je n'avais jamais entendu avant : « Mkgnao ! » ou quelque chose dans ce genre-là. Il a gratté, gratté, et à la fin il a percé un des côtés et glissé sa patte dans le trou. Quand je l'ai repoussée, il a passé sa tête dehors. Il y avait juste sa tête qui sortait du carton. Susie a arrêté la voiture pour déchirer le carton et le décoincer. La voiture non plus ne lui plaisait pas du tout. Il courait dans tous les sens et grognait contre les autres voitures, mais de tout petits grognements, qu'on n'entendait même pas. Il a continué à sauter partout pendant qu'on roulait. Il m'a même griffée pendant que j'essayais de le maintenir sur mes genoux, mais je ne lui en ai pas voulu, parce que je savais qu'il avait seulement peur.

— Où on va ?

— Dans un endroit où nous pourrons bavarder tranquillement, m'a répondu Susie.

— Est-ce que j'ai fait quelque chose de mal ?

Si j'ai posé cette question-là, c'est parce que bavarder tranquillement, ça veut dire se faire gronder.

Elle a tourné la tête et m'a regardée d'un drôle d'air. Alors, bien qu'elle soit au volant, elle m'a pris la main.

— Pourquoi dis-tu une chose pareille ?

— Est-ce que papa rentrera bientôt ? Il va se fâcher pour la maison, vous savez.

— Non.

Elle a lâché ma main pour garer la voiture, et on est descendues.

— Et Pippin ?

— Pippin va rester un peu dans la voiture.

Ce n'était pas une bonne idée. Sans moi, il allait avoir encore plus peur. Je l'ai soulevé et serré très fort dans mes bras pour qu'il ne puisse pas s'enfuir.

On est entrées dans une petite pièce avec deux fauteuils, une boîte de mouchoirs en papier sur la table, et au mur une poignée de main. L'une des mains était noire et l'autre blanche.

— Pourquoi ne t'assieds-tu pas, Joey ?

Alors je me suis enfoncée dans les coussins, et mes pieds ont décollé du sol. Pippin miaulait bizarrement et grattait à la porte.

— Papa va s'inquiéter pour moi.

— Joey…

Elle s'est interrompue brusquement.

— Oui ?

— Joey, tu vas avoir une nouvelle famille.

— Ah bon.

— Avec un nouveau papa et une nouvelle maman.

— Mon papa me dit toujours qu'on ne peut avoir qu'un seul papa.

— Ce ne seront pas ta vraie maman et ton vrai papa,

ceux qui t'ont donné la vie. Mais ils t'aimeront autant qu'un papa et qu'une maman, et ils s'occuperont bien de toi.

— Où sont-ils ?

— Dans une autre région.

— Un endroit avec des champs et des chevaux ?

— Non, ils habitent dans une ville.

— Papa disait que nous resterions ensemble pour l'éternité, amen.

— Il arrive que les choses changent. On n'y peut rien, Joey. Tu vas aussi changer de nom.

— Je m'appelle Joey. Josephine Susan Weedon.

— Tu n'aimerais pas avoir un autre nom ? Qu'est-ce que tu choisirais ?

— Vous voulez dire que je peux choisir n'importe lequel ?

— Oui.

— Mais si je ne m'appelle plus Joey, comment papa me retrouvera-t-il ?

Elle m'a regardée bien en face, si bien que j'ai vu mon reflet dans ses yeux.

— Tu ne vas pas revoir ton père avant un bon moment.

— Ah bon.

— Ni ta maman.

— Maman a été malade, mais je crois qu'elle va mieux. Papa dit qu'elle est elle-même son pire ennemi. Est-ce qu'Alison aussi va changer de nom ?

Susie m'a saisi les deux mains et les a serrées très fort. Ça m'a fait un peu mal.

— Alison est morte, Joey.

— Morte ?

— Oui.

— Comme Peter ?

Je me suis souvenue que Susie ne connaissait pas Peter.

— C'était le lapin de Tess. Et Tess, c'est ma meilleure amie. Quand son lapin est mort, je suis allée à son enterrement. D'après Tess, Peter était aussi dur que de la terre gelée. Alison ne peut pas être morte comme ça. Elle doit être chez tante Sal. Elle m'a dit qu'il faudrait que j'aille habiter chez tante Sal, et ensuite elle est partie. Papa répète souvent que des fois les gens s'en vont, mais que moi je devrais toujours rester avec lui. Il se sentirait trop seul sans moi.

— Alison est morte, Joey.

J'ai fini par retirer mes mains.

— Comme de la terre gelée ?

— Elle est morte, a dit Susie, et elle ne reviendra pas.

Je me suis assise pour réfléchir un peu.

— Ce n'est pas ta faute.

— Ma faute ?

— Tu n'y es pour rien.

— Ce n'est pas ma faute.

— Exactement.

Il y a eu un bruit derrière la porte. Pippin continuait à miauler et à gratter, mais c'était un autre bruit. On aurait dit un robinet que quelqu'un n'a pas bien fermé.

J'ai éclaté de rire.

— Que se passe-t-il, Joey ?

— Pippin a fait pipi sur la moquette. Il ne sait pas que c'est mal, vous comprenez ? Ce n'est qu'un chat. Il tue aussi des oiseaux et il monte les manger dans ma chambre, sans savoir que ce n'est pas bien.

— Oui, je vois.

— Moi, je sais quand je fais quelque chose de mal, parce que j'ai une impression bizarre ici.

Je lui ai montré mon ventre.

— Par exemple quand j'ai piqué le nouveau stylo à plume de Benjy, avec de vraies cartouches. Ça m'a fait cette impression, alors je l'ai remis à sa place quand il regardait ailleurs.

— Tu as eu raison.

— Est-ce que j'irai toujours dans la même école ?

— Non. Tu vas tout recommencer de zéro. Tu as de la chance.

— Et Tess ? Et Miss Dawes ? Je l'aime bien, Miss Dawes.

Susie ne m'a pas répondu.

— Papa dit que je suis quelqu'un de spécial.

— C'est vrai.

— J'ai toutes mes affaires, hein ? Et puis Pippin est avec moi.

— C'est vrai, a-t-elle répété en me reprenant les mains.

— Je n'oublierai jamais.

Elle m'a regardée fixement.

— Qu'est-ce que tu n'oublieras jamais ?

— Je ne sais pas.

Pourtant, je sais très bien que je n'oublierai jamais papa allongé sur mon lit, en train de me raconter des histoires sorties directement de sa tête. Je n'oublierai jamais papa au volant de son camion, et moi assise à côté de lui, avec le sentiment d'être une personne très importante. Je n'oublierai jamais Minnie et sa langue toute chaude et râpeuse quand elle me léchait. Je n'oublierai jamais Alison, parce que c'est ma grande sœur et qu'elle s'occupe de moi. Ni maman, parce que c'est ma maman et que ce n'est pas sa faute si elle est malade. Ni Stevie, même s'il ne dit jamais rien. Je n'oublierai jamais la sensation que j'avais quand j'étais assise sur le toit, sous la fenêtre de ma chambre, morte de peur et en même temps folle de joie, avec des frissons qui m'obligeaient à me recroqueviller sur moi-même. Je n'oublierai jamais les jours où je rampais dans l'herbe comme un serpent, où papa me chatouillait, me caressait les cheveux et me disait qu'il m'aimait plus que n'importe quoi au monde. Ni les parties de marelle avec Tess. Ni les chocolats chauds qui me donnaient l'impression d'être si bien, si protégée dans ma maison quand il pleuvait dehors. Ni la fois où j'ai allumé une lampe électrique sous mes draps et que tout s'est mis à briller comme de l'or : dehors il faisait nuit, mais à l'intérieur c'était mon royaume de petite princesse où la tristesse et la maladie n'existaient pas, où personne ne criait ni ne pleurait, où tout le monde souriait, où tout le monde était heureux.

— Tu n'oublieras jamais les bons moments, a dit Susie.

— J'ai eu tellement de bons moments que je ne peux même pas les compter. J'ai drôlement de la chance.

Chagrin

1

Après l'enterrement, après les étreintes spasmodiques et les regards apitoyés des invités, nous sommes rentrés chez nous à pied. Le soir tombait, la brume étouffait les bruits, et nos pas étaient assourdis par les feuilles mortes qui jonchaient les trottoirs. Max marchait entre nous deux, en nous donnant la main. Il avait les doigts glacés, mais il refusait d'enfiler ses gants. Quand je me suis agenouillée pour renouer ses lacets qui traînaient dans les flaques d'eau, il a posé une main sur ma tête, comme pour me bénir ou me réconforter. J'ai levé les yeux en lui souriant, mais il ne m'a pas rendu mon sourire. Il devait penser qu'il n'en avait pas le droit — comme lorsque Rick lui interdisait de regarder les dessins animés à la télévision le matin.

Nous demeurions silencieux. Rick n'avait pratiquement pas dit un mot de la journée, à l'exception de quelques propos incohérents bredouillés au moment où le cercueil descendait dans la fosse boueuse. Il avait exigé un enterrement, et non une crémation, et je n'avais pas discuté. C'était sans importance. Ensuite, il n'avait plus rien dit. Il était resté raide comme un piquet, le teint blême, les cheveux hérissés, le poing serré sur un verre de whisky. Les gens venaient lui passer le bras autour des épaules, lui donner l'accolade ou l'embrasser sur les joues en se dressant sur la pointe des pieds, et il les dévisageait en clignant des yeux. Max ne m'avait pas quittée d'un pouce, comme il le faisait depuis que c'était arrivé. Nous étions passés de petit groupe en petit groupe, et j'avais remercié chaque participant du soutien que m'apportait sa présence. Les gens se penchaient vers Max d'un air gauche et lui disaient qu'ils étaient très fiers de lui. Comme ils ne savaient pas trop quoi ajouter, à son intention ou à la nôtre, ils répétaient : « Je suis vraiment désolé », et je leur répondais : « Oui, oui, merci beaucoup. »

À présent, il était temps de rentrer. J'avais allumé les lumières du rez-de-chaussée avant de partir, pour que nous ne soyons pas accueillis à notre retour par une maison plongée dans une froide obscurité. Devant la porte d'entrée, j'ai vu Rick lever les yeux. Il regardait la chambre du premier étage, celle qui donne sur la rue. La chambre vide. Il a chancelé, avant de se redresser. J'ai ouvert la porte et poussé Max à l'intérieur, puis j'ai saisi le bras de Rick pour lui faire franchir le seuil. Je leur ai ôté leurs manteaux, et je les ai accrochés dans l'entrée.

— Nous pourrions manger une quiche. Je peux en faire réchauffer une au micro-ondes.

— Mon Dieu ! a dit Rick.

— Et toi, Max ? Ça te va, ou bien tu préfères autre chose ?

— J'aimerais mieux des œufs à la coque avec des toasts.

— Ça me paraît une bonne idée. Tu vas monter te mettre en pyjama pendant que je les fais cuire. Rick, laisse-moi te préparer quelque chose.

Il s'est assis à la table de la cuisine.

— Non, merci.

— Une tasse de thé, alors ?

— Sers-moi plutôt un verre.

— D'accord.

Après lui avoir versé une rasade de whisky avec un peu d'eau, j'ai fait bouillir deux œufs, un pour Max et un pour moi. Puis j'ai grillé des toasts que j'ai beurrés et coupés en lamelles. Max et moi avons trempé nos mouillettes dans le jaune pendant que Rick buvait son whisky. Je l'entendais déglutir et je voyais sa pomme d'Adam osciller à chaque gorgée.

J'ai accompagné Max à l'étage, et je l'ai regardé se brosser les dents puis se débarbouiller avec un gant de toilette. Ses joues étaient marbrées de taches rouges. Je lui ai tâté le front, mais il n'avait pas de fièvre. D'habitude, il s'endort avec un bouquin. Ce soir-là, je lui ai fait la lecture à haute voix tout en lui caressant la tête.

Soudain, il m'a interrompue au milieu d'une phrase :

— Est-ce que papa serait aussi malheureux si c'était *moi* qui mourrais ?

— Bien sûr que oui. Ça lui briserait le cœur. Mais tu ne vas pas mourir, mon chéri.

— Je me demandais, c'est tout. Pourquoi est-ce que tu n'es pas aussi triste que lui ?

— Mais je suis triste.

— Tu ne pleures pas. Tu es comme d'habitude.

— Eh bien…

— Ce n'est pas grave. J'aime autant ça.

Je l'ai laissé couché en chien de fusil, le lobe de l'oreille gauche serré entre le pouce et l'index.

— Fais de beaux rêves.

Il a murmuré quelque chose que je n'ai pas compris.

Au rez-de-chaussée, Rick en était à son deuxième whisky. À moins que ce ne soit le troisième.

— Allons nous coucher nous aussi.

— Stella ?

— Oui.

Il n'a rien ajouté. Je l'ai pris par la main. Ses doigts étaient complètement mous, mais il s'est laissé conduire vers l'escalier. Nous sommes passés devant la chambre vide avant d'entrer dans la nôtre. Je lui ai ôté ses chaussures noires, et j'ai fait glisser sa cravate par-dessus sa tête.

— Ça aurait pu arriver à n'importe qui, a-t-il dit. Pourquoi est-ce tombé sur nous ?

À quoi bon proférer des niaiseries aussi éculées ? Bien sûr que cela aurait pu arriver à n'importe qui.

— Je ne sais pas.

Il a poussé un grognement, avant d'ajouter :

— Le cercueil était si petit.

Cela m'a mise en colère. Il se complaisait dans son chagrin. Évidemment que le cercueil était petit. À quoi s'attendait-il ?

— Oui, ai-je répondu.

Nous étions couchés côte à côte, mais pas serrés l'un contre l'autre comme les autres soirs, son souffle dans mes cheveux et nos jambes entremêlées. Nous étions allongés sur le dos, et je sentais qu'il avait les yeux grands ouverts. Je lui ai pris la main.

— Essaye de dormir.

— Pourquoi veux-tu dormir ?

— Parce qu'il le faut.

Je ne me suis réveillée qu'une seule fois au cours de la nuit, lorsque Max est venu se glisser entre nous deux. Il a dix ans, et il n'avait plus fait ça depuis bien longtemps. Je l'ai pris dans mes bras, il a enfoui son visage contre mon épaule et collé ses orteils glacés contre mon mollet. J'ai pensé qu'un jour il serait plus grand que moi. Rick s'est retourné dans son sommeil. Le réveil indiquait près de 4 heures du matin. D'ici peu il ferait jour.

Le lendemain matin, Rick a déclaré qu'il n'irait pas travailler. Il était encore trop tôt.

— Tu dois y aller. Ne serait-ce que quelques heures.

— Pourquoi ?

— Que vas-tu faire ici ? Il vaut mieux que tu ailles au bureau. Ce sera plus facile pour toi. Ça t'occupera. Tu seras bien obligé de penser à autre chose.

— Non, Stella, je ne peux pas.

Son haleine était encore chargée des whiskies qu'il avait bus la veille au soir.

— Mais si, tu en es capable.

Après lui avoir repassé une chemise blanche, je lui ai apporté une tasse de café.

— Je vais te préparer des toasts.

— Je ne veux rien manger.

Je lui ai tout même servi des toasts, et il en a péniblement mâchonné quelques morceaux, comme s'il s'agissait d'une vieille serpillière.

Au premier étage, Max était toujours endormi dans notre lit. Il avait l'air tout petit, paisible, épargné par l'événement. Ses yeux se sont ouverts dès que je lui ai touché l'épaule, et il m'a dit avec détermination :

— Je ne vais pas à l'école aujourd'hui.

— Oh si ! Tu as déjà manqué suffisamment.

— Je ne veux pas y aller.

— Je te promets que tout se passera bien. J'ai parlé avec ta maîtresse. Tout le monde a hâte de te revoir.

— Ils vont tous me coller, me dire des trucs gentils, me jouer du violon… Je ne veux plus en parler.

— Tu n'es absolument pas obligé d'en parler. Sauf si tu en as envie.

— Encore un jour. J'irai demain, je te le jure.

— C'est ce que tu as de mieux à faire. Tu vas voir tes copains, jouer au football, essayer de travailler un peu.

— Quelquefois il était méchant, non ? Il n'était pas toujours un petit ange, comme le pasteur l'a dit hier.

J'ai éclaté de rire.

— Si le pasteur a dit ça, c'est parce qu'il ne le connaissait pas. C'était parfois un vrai petit diable. Je n'ai jamais compris comment un gamin aussi petit pouvait faire autant de bruit et provoquer autant de catastrophes. Dès qu'une bagarre éclatait, tu pouvais être certain que Rory n'était pas loin. Maintenant, habille-toi et viens prendre ton petit déjeuner. Il faut partir dans vingt-cinq minutes. Alors pas le temps de traîner.

J'ai poussé Rick jusque dans sa voiture, et il a démarré sur les chapeaux de roues, en soulevant une gerbe de graviers. Puis j'ai accompagné Max à l'école. Sa maîtresse nous attendait. Quand elle nous a aperçus, elle s'est dirigée vers nous et l'a serré contre elle. Je ne pouvais pas distinguer l'expression embarrassée de Max, mais je voyais ses bras qui pendaient tout raides le long de son corps. Elle s'est tournée vers moi, en larmes.

— Quel terrible accident, Mrs Traynor ! Quelle tragédie !

— Oui.

— Je suis désolée. Nous sommes tous désolés.

— Merci.

J'ai libéré Max de son étreinte, car il devait en avoir assez d'être observé dans une telle situation par toute la cour de récréation.

— Allez, au revoir. Je viendrai te rechercher cet après-midi.

— Salut.

Il avait déjà tourné la tête dans la direction de ses copains. L'un d'entre eux lui a envoyé un ballon de football.

— Allez, viens, Max. La passe !

Max est parti en courant sans se retourner vers moi.

— Tout devrait bien se passer, ai-je dit à l'institutrice. Prévenez-moi si jamais ce n'était pas le cas.

Je me suis servi une tasse de café avant de débarrasser la table du petit déjeuner. Puis j'ai balayé la cuisine, bien qu'elle n'en ait pas vraiment besoin. La maison était d'une propreté inhabituelle. D'un calme inhabituel, également. J'ai déchiré trois sacs-poubelles sur le rouleau, j'ai pris plusieurs petits sacs en plastique dans un tiroir, et je suis montée dans la chambre de Rory. J'ai ouvert les fenêtres. La matinée avait débuté dans une grisaille humide, mais à présent le ciel commençait à se dégager, et on distinguait un soleil pâlichon. Je me suis assise sur le lit de Rory. Il avait une couette bleue parsemée d'étoiles. D'autres étoiles phosphorescentes luisaient au plafond. Les murs étaient recouverts de posters : le portrait à moitié déchiré d'un joueur de football, un manchot sur un morceau de banquise, un vieux tableau des lettres de l'alphabet illustrées avec des couleurs vives, qu'il avait depuis l'âge de trois ans, ou encore une affiche flambant neuve montrant différentes sortes de fruits.

La moquette était jonchée d'objets : des soldats de plomb, des livres au dos fatigué, bien qu'il n'ait jamais vraiment pris l'habitude de lire tout seul, un ours en peluche qu'il avait depuis sa naissance, une vieille paire de chaussettes, un pistolet à eau, un fourreau de sabre en plastique, le pyjama qu'il portait le matin de sa mort. Je l'ai ramassé pour le renifler : il dégageait une légère odeur d'urine.

J'ai défait les draps et les ai mis dans un coin pour les laver. J'ai retiré et roulé les posters, même s'ils ne pouvaient plus guère intéresser grand monde désormais. Puis j'ai trié les jouets : les uns directement à la poubelle, les autres dans des sacs en plastique afin de les donner à des amis ou à une association caritative.

C'est incroyable ce qu'un enfant peut accumuler, même quand il n'a vécu que cinq ans, un mois, une semaine et six jours. Des billes, des grenouilles aimantées, des marrons ramassés à l'automne, mais qui depuis sont devenus ternes et tout ratatinés, une lampe électrique hors d'usage, une autre qui marchait encore, des crayons, de la peinture, des pochoirs, des règles et des monceaux de bouts de papier couverts de gribouillis. Je les ai examinés un par un : les messages énigmatiques bourrés de fautes d'orthographe, les dessins à la fois flamboyants et maladroits. J'en ai mis quelques-uns de côté, et j'ai jeté les autres. J'ai aussi ramassé des cailloux, des morceaux de bois aux formes pittoresques, des pièces de monnaie qu'il avait dû chaparder, un sifflet qu'il croyait avoir perdu quelques semaines plus tôt (il en avait fait tout un drame), un stylo à plume appartenant à Max, un caramel à moitié mâché, un malheureux ballon de baudruche complètement dégonflé. Je savais que d'autres vestiges réapparaîtraient au cours des semaines suivantes, un peu comme les tessons de poterie qui remontent à la surface chaque fois qu'on laboure un champ.

La question des vêtements de Rory a été vite réglée. La plupart, en effet, avaient déjà été portés par Max. J'ai jeté les blue-jeans râpés, les sweat-shirts maculés de taches, les shorts, les vieux T-shirts et les chaussettes aux talons transparents. J'ai plié ses pulls dans un sac à part, avec deux pantalons encore mettables et deux ou trois T-shirts à peu près neufs. Après une brève hésitation, j'ai décidé de balancer ses chaussures.

Il ne restait plus que les livres. Je les ai pris un par un sur les étagères pour les empiler dans un carton. Rick n'aurait qu'à les monter au grenier, pour que Max puisse les récupérer lorsque à son tour il aurait des enfants. La seule chose dont je ne savais pas trop quoi faire, c'était son ours. C'est impossible de jeter un ours en peluche. Ou de le donner, car il n'appartient qu'à une seule personne. En fin de compte, je l'ai posé sur le lit, adossé aux oreillers. J'ai laissé les fenêtres ouvertes, car la chambre était toujours imprégnée de l'odeur de Rory. J'ai refermé la porte énergiquement, jeté une partie des affaires dans la poubelle qui se trouve à l'extérieur de la porte d'entrée, et rangé les autres sacs dans le placard aménagé sous l'escalier.

J'aurais dû être fatiguée, et pourtant je débordais d'énergie. Je suis donc allée au supermarché. Les réserves étaient épuisées à la maison, et le frigo contenait en tout et pour tout la quiche que nous n'avions pas mangée la veille au soir, une demi-plaquette de beurre, quelques œufs et une bouteille de lait entamée. Il n'y avait pas une minute à perdre, car je voulais être à l'heure pour récupérer Max. J'ai tout de même eu le temps de remplir mon Caddie avec toutes les choses délicieuses que je me refuse d'ordinaire : une grande bouteille de jus d'oranges fraîchement pressées, du saumon sauvage fumé, une grosse part de brie crémeux, un bocal de fromages de chèvre flottant dans l'huile, des tomates-cerises, des salades pré-ensaucées, du pain libanais que Max refuserait sans doute de manger, une tarte au citron, des framboises importées des antipodes et un pot de crème en grumeaux. J'ai pris une bonne bouteille de whisky, car nous étions presque à sec. Et puis de grandes bougies et des serviettes en papier hors de prix, avec un décor de piments rouges et d'olives.

— Une petite fête ? m'a demandé la caissière avec un grand sourire.

Je lui ai rendu son sourire, mais je n'ai pas répondu.

Rick est rentré tard ce soir-là. J'ai aidé Max à faire ses devoirs et l'ai obligé à travailler son piano, malgré sa mauvaise humeur et son manque d'enthousiasme. Puis il est allé jouer sur l'ordinateur — un jeu ponctué d'explosions, de hurlements triomphaux et de musiques assourdissantes. J'ai mis la table et préparé le repas : canapés de saumon fumé et salade verte. Avec éventuellement les framboises en dessert. J'ai allumé les bougies et sorti une bouteille de vin blanc bien frappé. Nous avions coutume de manger tous les quatre ensemble, même lorsque Rory avait tout juste l'âge de tenir un couteau et une fourchette. Il en était de même dans ma famille, quand j'étais petite fille. J'aime bien allumer de grandes bougies, surtout quand la nuit tombe vite et qu'on entend dehors le souffle du vent et le murmure des feuilles mortes dans les arbres.

Quand Rick est arrivé, j'ai tout de suite compris qu'il avait bu.

— Ses fenêtres sont ouvertes.

— Oui, je les ai laissées ouvertes après avoir rangé la chambre.

— Tu as rangé sa chambre ?

— J'ai pensé qu'il fallait le faire.

— Tu as pensé qu'il fallait le faire ?

Il a répété la même phrase en haussant la voix, puis il est monté à l'étage. Je l'ai entendu ouvrir la porte de Rory et la refermer derrière lui. Il est resté pendant près d'une demi-heure sans faire le moindre bruit. Je ne l'ai pas rejoint. Je me suis assise à la table et j'ai attendu en écoutant les bings et les bangs de l'ordinateur, les voitures qui passaient dans la rue et le chuchotement du vent. Quand Rick est redescendu, j'ai compris qu'il avait pleuré. Je me suis approchée de lui, et il m'a enlacée mécaniquement, l'esprit ailleurs.

— Le dîner est prêt. Il faut que tu manges, mon amour.

Nous nous sommes installés tous les trois autour de la table, avec les bougies au milieu. Je n'y pouvais rien si le quatrième côté était vide, et si nos regards se portaient vers la place habituelle de Rory.

Il était encore tôt quand nous avons terminé le repas et desservi. Rick a regardé sa montre et s'est tourné vers moi.

— Alors ? Qu'est-ce qu'on fait maintenant ?

2

Un observateur étranger aurait peut-être estimé la situation de Rick moins pénible que la mienne. Lui, au moins, il avait un métier. Malgré son refus initial, il m'a paru se jeter à corps perdu dans son travail au cours des jours suivants. Il partait de bonne heure le matin et revenait tard le soir, parfois lorsque Max était déjà endormi.

J'avais abandonné l'enseignement durant ma première grossesse, et j'avais l'intention de reprendre un poste quand Rory rentrerait à l'école, c'est-à-dire à l'automne suivant. Mais à présent la vie se conjuguait au conditionnel passé : lorsque Rory aurait été à l'école. J'avais appris mes conjugaisons en classe de latin. L'imparfait de l'indicatif ne s'applique qu'aux actions qui se sont effectivement déroulées. Mais il y a des tas de choses qui auraient pu ou dû se passer. D'autres qui ne sont pas arrivées et qui n'arriveront jamais. D'autres encore qui sont arrivées mais qui n'auraient jamais dû. C'est bizarre de constater à quel point le langage mêle les faits avérés aux hypothèses et aux éventualités. Dans la vie réelle, au contraire, nous sommes prisonniers des choses qui ont effectivement eu lieu. Le reste n'existe pas, même si notre esprit a du mal à l'accepter.

C'est durant les deux premiers jours que je me suis rendu compte à quel point mon existence tournait autour de Rory. Bien sûr, il commençait à s'émanciper. Il allait à la maternelle deux jours et demi par semaine, mais même en son absence je passais mon temps à lui acheter de la nourriture ou des vêtements, à faire des préparatifs et surtout à ranger ses affaires. J'étais une sorte de jardinier au milieu de la forêt tropicale : on a beau passer son temps à tailler les bordures au cordeau et à arracher les mauvaises herbes, il suffit de s'éloigner cinq minutes pour que la jungle reprenne ses droits. Voilà à quoi ressemblaient les chambres des garçons. Ressemblaient. Imparfait. Action passée, répétitive, habituelle. J'adoptais un nouveau système de rangement absolument génial, et une demi-heure plus tard ils l'avaient dynamité. C'était cela le plus bizarre : j'avais rangé la chambre de Rory, et elle allait rester en ordre à tout jamais.

Maintenant, mon travail était divisé par deux. Peut-être même davantage, car Max allait à l'école tous les jours. Pourtant, je tenais bon. Cela peut sembler idiot, mais les femmes sont conçues pour encaisser ce genre de coup, pour continuer à avancer. Pendant des milliers et des milliers d'années, elles ont vu leurs enfants mourir et elles ont continué à vivre, de sorte que cette capacité à redémarrer est inscrite dans leurs gènes. Non seulement les femmes, mais toutes les femelles du règne animal. Il y a une petite pièce d'eau au bout de la rue. C'était sans doute la mare du village autrefois ; aujourd'hui, elle se trouve à la limite d'un lotissement. Des canes y élèvent leurs petits, et les chats du voisinage passent leurs journées tapis dans l'herbe avec l'espoir d'attraper un caneton qui s'aventurerait trop près du bord. Depuis notre installation ici, juste après notre mariage, j'ai appris à reconnaître le cri d'alarme typique émis par la femelle du colvert lorsqu'on lui prend un de ses petits. Elle cancane et bat des ailes avec l'énergie du désespoir. Elle semble inconsolable, mais au bout de dix minutes ou d'un quart d'heure, elle reprend paisiblement sa place devant ses canetons survivants.

J'ai donc entrepris de m'occuper du matin au soir. Il y a quelque chose à faire en permanence dans une maison. L'essentiel, c'est d'être toujours en mouvement, de ne pas s'accorder le moindre répit. Je suis allée en ville pour acheter le supplément « Éducation » du *Times*, et j'ai commencé à éplucher les offres d'emploi, un crayon à la main.

Lorsque Rick rentrait le soir, j'étais en train d'aider Max à finir ses devoirs, de surveiller ses exercices de piano, ou de lire un livre à son chevet. Je ne lui faisais plus la lecture depuis des années, car je me réservais pour Rory. À présent, il me paraissait important de lui consacrer davantage de temps, et il avait l'air d'apprécier ces attentions. Pendant que je lui lisais une histoire de guerriers et de sorciers, j'entendais claquer la porte d'entrée, puis Rick déambuler au rez-de-chaussée. Après un dîner vite expédié, nous regardions la télé et nous montions nous coucher de bonne heure. Au bout de quelques jours, Rick m'a dit qu'une émission l'intéressait et m'a proposé de la regarder en mangeant. J'ai acquiescé, car cela valait mieux que les repas pris dans un silence oppressant, lourd de non-dits.

Comme nous avions une autre télévision dans notre chambre, nous nous sommes mis à la regarder au lit. N'importe quoi faisait l'affaire : magazines d'actualités, films, documentaires, jeux. Je m'endormais rapidement, tout en ayant vaguement conscience que Rick demeurait éveillé. Il regardait la télé jusque tard dans la nuit, ou bien il se relevait et descendait au rez-de-chaussée.

Nous avions toujours bu du vin à table. Par goût, mais aussi parce que les chercheurs ont démontré ses vertus pour la santé. Selon Rick, ces travaux scientifiques avaient été effectués à l'université de Bordeaux, ce qui semblait un peu trop beau pour être vrai, mais nous avions tout de même tendance à y croire. Et puis c'était une façon de profiter d'un avantage professionnel. Rick est comptable chez un gros importateur de vins. Bien que nous ne soyons pas vraiment des connaisseurs, il bénéficie de remises importantes qui nous permettent de boire des vins très supérieurs à ce que nous pourrions nous offrir normalement. Par une sorte d'accord tacite, notre ration était d'une bouteille par jour. Certains vendredis, ou lorsque nous avions quelque chose à fêter, nous nous offrions également un gin-tonic ou un whisky. Mais jamais davantage.

Même si je ne souhaitais en aucun cas le contrôler, je n'ai pas tardé à remarquer que Rick avait augmenté sa consommation d'alcool. Il se servait un premier whisky en arrivant, lorsque j'étais encore à l'étage, puis un deuxième avant de se mettre à table. Et encore un troisième après manger. Un soir, comme il me demandait si j'en voulais un moi aussi, j'ai pris mon courage à deux mains :

— Tu ne crois pas que tu exagères un peu, Rick ?

— Non, pas du tout.

— Moi, j'en ai l'impression.

— Eh bien, tu te trompes.

De nouveau j'ai respiré un bon coup.

— Tu as bu un whisky en arrivant. Et un ou deux autres avant le dîner, je crois bien.

— Non, je n'ai pris qu'un seul verre.

— C'est là tout le problème. Tu ne comptes qu'un seul verre, même si tu le remplis plusieurs fois.

— Tu m'espionnes ?

— Je vis avec toi, Rick. Et ensuite tu as descendu les trois quarts de la bouteille de vin.

— Nous l'avons partagée.

— Je sais, mais tu bois beaucoup plus vite que moi. Si bien que tu te ressers beaucoup plus souvent.

— Décidément, tu me surveilles de près. C'est ça ton problème ? Tu n'en as pas eu assez ?

Son ton était devenu agressif. Il voulait m'obliger à hausser le ton pour pouvoir me réduire au silence une bonne fois pour toutes.

— Je sais, on pourrait croire que je t'espionne…

— Je ne te le fais pas dire.

Je me suis efforcée de garder mon calme.

— Nous vivons dans la même maison. Je voulais juste te dire que tu bois plus que d'habitude.

— D'accord, tu as raison. J'ai bu… quoi ? Trois whiskies, et peut-être les trois quarts d'une bouteille de vin.

— Plus d'autres whiskies après dîner.

— Très bien. Disons quatre ou cinq whiskies. Ça te pose un problème ?

J'ai senti un frisson parcourir ma colonne vertébrale. J'étais assise avec l'homme que j'avais épousé douze ans plus tôt, et nous nous disputions à propos de sa consommation d'alcool. Alors que le corps glacé de notre enfant gisait dans un cimetière, à quinze minutes de marche de notre domicile. Soudain, une fatigue monstrueuse m'a terrassée.

— Je n'ai pas l'intention de te dire ce que tu dois faire. Mais si tu changes de comportement, je veux que ce soit le résultat d'un choix. Je ne veux pas que tu partes à la dérive sans même t'en rendre compte.

Il se tenait debout, un verre à la main. Il a contemplé son whisky d'un air perplexe.

— C'est une sorte d'anesthésique. Ça m'aide à m'endormir. Mais ce n'est peut-être pas très bon.

Comme nous étions dans la cuisine, il a marché jusqu'à l'évier pour y vider son verre.

— Ce n'était pas la peine, ai-je dit.

— On verra bien.

Le lendemain soir, il m'a proposé un jus de tomate avant le dîner. Il y a ajouté des tas d'épices et de la sauce Worcestershire. Dès qu'il a quitté la pièce, j'ai reniflé son verre en cachette. Il sentait l'alcool. Il s'était versé une rasade de vodka. Ce qui m'ennuyait le plus, ce n'était pas l'alcool, c'étaient ses mensonges. Mais mentait-il vraiment ? Il ne m'avait rien promis, après tout. J'ai donc décidé de garder le silence.

Nous étions comme deux acteurs qui jouent un couple marié et qui se comportent en conséquence. Il paraît que les comédiens confrontés à ce genre de rôle tombent souvent amoureux. Pour nous, cela ne marchait absolument pas. Le soir du jus de tomate, nous avons regardé un documentaire particulièrement débile sur des jeunes gens en vacances dans je ne sais quel pays. À un moment donné, je me suis levée pour éteindre la télévision.

— On va se coucher ? a demandé Rick.

— Je voudrais te parler.

— Tu veux vraiment vider ton sac ?

— Je veux juste te parler.

— Tu crois que ça s'impose ?

— D'accord, je laisse tomber.

— Bonne idée.

Son chagrin inconsolable m'inspirait parfois de la pitié, et j'aurais voulu le serrer dans mes bras quand il pleurait comme un enfant. Mais il m'arrivait aussi d'éprouver de la colère. J'avais l'impression qu'il monopolisait nos souffrances, qu'il se campait dans une pose de martyr, laissant aux autres la mission de poursuivre le train-train quotidien. Je sentais quelquefois qu'il me provoquait dans le but de déclencher une scène et d'obtenir ainsi un prétexte pour me quitter.

La tempête a éclaté un matin au petit déjeuner. Max est passionné de football, aussi bien à la télévision que dans ses jeux vidéo. À vrai dire, la seule variété de football qui ne semble pas l'intéresser, c'est celle qui consiste à courir derrière un ballon sous une pluie battante. Mais il adore shooter dans une balle de tennis à l'intérieur de la maison, tout seul ou avec ses copains.

C'est justement ce qu'il était en train de faire dans la

cuisine pendant que Rick prenait des toasts et une tasse de café.

— Arrête, Max.

— Je fais attention.

Soudain, il a donné un grand coup de pied, et la balle a survolé la table en ratant de peu une bouteille de lait, un vase et un bol.

Rick a bondi de sa chaise et l'a l'attrapé par les épaules.

— Je t'ai dit d'arrêter.

— Je ne vais rien casser.

Alors Rick s'est mis à hurler :

— Tu répètes toujours ça, bordel ! Jusqu'à ce que tu finisses par casser quelque chose. Tu as compris, ou tu veux que je te fasse un dessin ?

J'aurais dû me précipiter pour le retenir, mais j'étais comme paralysée. Rick a saisi son verre de jus d'orange et l'a reposé avec une telle force qu'il s'est fracassé sur la table.

— Oh merde ! s'est exclamé Rick en contemplant sa main. Quel imbécile !

Max observait la scène bouche bée, et il faut avouer qu'il y avait de quoi. La chemise jaune pâle de son père était constellée de jus d'orange, et des filets de sang lui coulaient sur la main avant de former de petites flaques sur le sol. Rick s'est excusé d'une voix bizarre, un peu pâteuse. J'ai ordonné à Max de nous laisser, et j'ai conduit Rick jusqu'à l'évier afin de tamponner ses blessures avec des mouchoirs en papier et d'estimer l'ampleur des dégâts.

— Qu'en penses-tu ? m'a-t-il demandé.

— Il va falloir te faire des points de suture. Et ensuite tu devras aller voir quelqu'un.

3

Ni Rick ni moi n'avions jamais consulté de psy. L'idée ne nous en avait même pas traversé l'esprit. Bien sûr, nous en avions déjà parlé, mais de manière totalement gratuite. Tout le monde en parle, non ? Et la plupart des gens ont une opinion bien arrêtée sur les psys, qu'elle soit favorable ou hostile. Pour ma part, je n'avais pas d'avis sur la question avant de suggérer à Rick de voir quelqu'un. Une personne de ma connaissance qui se trouvait en pleine thérapie m'avait dit un jour : « Ça aide à supporter les chagrins les plus insupportables. » Exactement ce dont nous avions besoin.

Une autre phrase me trottait par la tête, une phrase que j'avais dû lire dans un livre ou dans un magazine : « Cela transforme les fantômes en souvenirs. » Rory était-il un fantôme ? En tout cas, il rendait visite à Rick toutes les nuits ; c'étaient des rêves banals et agréables, dans lesquels il apparaissait comme s'il était encore vivant. Tous les matins, par conséquent, Rick redécouvrait la mort de son fils, et son désespoir reprenait de plus belle. Il m'a parlé de ces visions juste avant qu'elles ne s'évanouissent — à croire qu'il espérait me fourguer ses rêves de seconde main. J'aurais préféré n'en rien savoir, mais je ne pouvais pas le lui dire. Pour ma part, je n'avais pas rêvé une seule fois de Rory. J'aurais bien voulu, pourtant. Je m'efforçais même de reconstituer son image avant de m'endormir. Cela m'aurait peut-être soulagée de le revoir les paupières closes. Hélas ! je ne le revoyais que les yeux grands ouverts, lorsque je savais qu'il n'était plus là.

Après avoir accepté ma suggestion, Rick m'a demandé de m'en occuper. Je ne savais pas trop par où commencer. J'aurais pu téléphoner à l'une de nos amies qui connaissait bien ce genre de choses. Sonia, par exemple, avait plus ou moins suivi une thérapie pendant une quinzaine d'années. Mais pour l'instant je ne souhaitais en parler à personne. Cela me faisait du bien de recevoir des lettres et des mails, ou d'écouter des messages sur le répondeur que je laissais branché toute la journée, mais je ne me sentais pas encore prête à demander de l'aide et à affronter la compassion des autres. Pendant l'enterrement, j'avais senti que les gens s'attendaient à me voir sangloter. Rick pleurait comme une Madeleine, mais moi j'avais les yeux aussi secs que les sables du désert.

Dès que Max est parti à l'école et Rick à son travail, j'ai consulté la rubrique « Psy » dans les pages jaunes. La liste comportait des dizaines et des dizaines de noms. Tous les malheurs du monde étaient au programme : surendettement, mépris de soi, maltraitance, problèmes conjugaux, alcoolisme, troubles sexuels, tentations transsexuelles, troubles alimentaires, douleurs, difficultés à communiquer, comportements à risques, angoisses, stress, traumatismes, désespoir. Et deuil, bien entendu. Plusieurs thérapeutes étaient spécialisés dans le deuil. J'ai regardé leurs noms pendant plusieurs minutes. La plupart avaient une accréditation officielle, et certains faisaient figurer après leur patronyme toute une série d'initiales plutôt rassurantes, même si j'ignorais totalement à quoi elles correspondaient. À présent, il aurait fallu décrocher le téléphone, composer l'un de ces numéros, et dire à la personne qui répondrait au bout du fil : « Bonjour, je me fais du souci pour mon mari. Pouvez-vous m'aider ? » C'était au-dessus de mes forces.

Finalement, j'ai enfilé ma veste, je suis montée dans ma voiture, et j'ai roulé jusqu'au centre médico-social. Comme je n'avais pas pris rendez-vous avec le Dr Lawrence, j'ai attendu pendant près d'une heure en feuilletant des magazines dans lesquels des célébrités présentaient leur nouvelle maison ou leur dernier bébé. Il y avait dans la salle un petit garçon de l'âge de Rory, avec le nez qui coulait. Il se tenait les oreilles à deux mains et poussait des hurlements hystériques. Sa mère lui chuchotait sans cesse de se taire. À un moment donné, elle l'a saisi par les épaules et l'a secoué vigoureusement. Plusieurs personnes lui ont lancé un regard désapprobateur, mais je comprenais très bien sa lassitude et son exaspération. À moi aussi il m'était arrivé de secouer Rory. Je me souvenais du contact de mes doigts sur son bras osseux et de son expression obstinée. Il pointait son menton vers l'avant, fronçait les sourcils et me regardait d'un air triomphant, comme pour me défier d'oser recommencer.

— Mrs Traynor ? Par ici, s'il vous plaît.

Le Dr Lawrence m'avait déjà vue bien des fois, en général avec l'un de mes deux enfants, pour des visites de contrôle prénatales ou postnatales, pour des tests oculaires, auditifs ou de croissance, pour des vaccins, des otites ou de mauvaises grippes, ou encore lorsque Max s'était déboîté un bras — ainsi que le jour où Rory s'était cogné contre la table de la cuisine et où un hématome s'était répandu sur son front, un peu comme quand on renverse une bouteille d'encre.

Elle m'a désigné une chaise. En m'asseyant, j'ai remarqué qu'elle avait pris la précaution de disposer une grande boîte de mouchoirs en papier à ma portée.

— Je suis contente de vous voir, Stella. J'espérais que vous viendriez. Vous tenez le coup ?

— Oh ! à peu près.

— Que puis-je faire pour vous ?

— Je ne viens pas pour moi, mais pour Rick. Je crois qu'il a besoin d'aide. Nous pensons, ou du moins je pense qu'il devrait aller voir quelqu'un.

— Vous voulez dire un psy ? Je peux vous en recommander un, naturellement. Dites-moi ce qu'il lui arrive.

— Il est complètement retourné. Bien sûr, n'importe qui réagirait de la même façon à sa place. Les gens nous envoient des messages du genre : « Petit à petit, ça ira mieux. » Ou même : « Le temps guérit toutes les blessures. » Comment peuvent-ils dire des choses pareilles ? Il est évident que nous ne guérirons jamais, du moins pas dans le sens où ils l'entendent. Mais nous avons Max. Nous ne pouvons pas nous permettre de capituler. Enfin, toujours est-il que Rick boit trop.

— Dans quelles proportions ?

— Je ne sais pas exactement, car il se cache. Et puis il a perdu le sommeil. Chaque fois que je me réveille, je le sens à côté de moi qui ne dort pas. Il est aussi devenu un peu violent. Il ne me frappe pas, et Max non plus. Je pense qu'il en serait incapable. C'est juste que…

— Oui ?

— Je ne suis pas rassurée. J'ai le sentiment qu'il court un danger, que plus rien ne le retient, qu'il se débat désespérément, et qu'il pourrait causer des dégâts sans en être pour autant responsable. C'est difficile à expliquer.

— Stella…

Elle m'appelait toujours par mon prénom, et moi je lui donnais toujours du Dr Lawrence.

— Stella, vous traversez tous les deux la pire épreuve qu'on puisse imaginer. Celle que tous les parents redoutent. Il n'existe aucun moyen de contourner l'obstacle.

Il faut le franchir, et cela peut demander beaucoup de temps. Cependant, il me semble qu'un soutien extérieur pourrait être profitable à Rick. Je vous appellerai dans la journée pour vous suggérer quelques noms.

— Merci.

— Je crains que les séances ne soient pas remboursées.

— Ça ne fait rien.

— En attendant, je peux vous prescrire quelque chose qui l'aidera à dormir, si vous le souhaitez.

— Très bien.

Je me suis levée et j'ai commencé à enfiler ma veste.

— Attendez un instant.

— Oui ?

— Et vous, comment ça va ?

— Moi ?

— Oui, vous.

— Je tiens le coup.

— C'est vrai ?

— Oui.

— Avez-vous parlé avec un membre de votre famille ou avec une amie ?

— Non.

— Avez-vous pleuré ?

— Non.

— Avez-vous envisagé de consulter un psy ?

— Je n'en ai pas besoin.

— Cela peut être utile de retirer sa cuirasse une ou deux heures par semaine.

— Non, je n'en éprouve pas le besoin.

— Bien. Contactez-moi si vous changez d'avis.

— D'accord.

— Au fait, vous croyez qu'il préférera un homme ou une femme ?

— Rick ? Je n'avais pas pensé à ça. Plutôt un homme.

— Je préfère une femme.
— Pourquoi ?
— Je ne sais pas. Je ne crois pas que je pourrais en parler à un homme. En tout cas, je serais incapable de me livrer complètement. J'essaierais de prendre sur moi ou de dire des choses intelligentes. D'ailleurs, je n'oserais jamais avouer à mes collègues de travail que je vais aller voir un psy.
— Même pas à ceux dont tu es le plus proche ?
— Nous ne sommes pas si proches que ça. Nous n'abordons jamais de sujets personnels. Tu comprends, nous parlons des questions d'actualité, nous faisons semblant de nous intéresser au football. Et toujours sur le ton de la plaisanterie.

Il m'a pris la main et s'est mis à faire tourner mon alliance sur mon doigt.
— Je suis comme les autres.
— Mais tu vas y aller ?
— Je te l'ai promis, non ?
— Tu n'es pas obligé.
— Stella, je t'ai dit que j'irai.
— Je ne veux pas avoir l'impression de te forcer.
— Ce n'est pas le cas.

Nos regards se sont croisés, puis il s'est détourné, sans cesser de jouer avec mon alliance.
— Il y a certaines choses dont je ne pourrais jamais te parler.
— C'est la même chose pour moi.

Il a lâché mon doigt, m'a serré la main de toutes ses forces et l'a pressée contre sa joue. C'était bizarre. Nous discutions de notre impossibilité à communiquer, et pourtant nous ne nous étions pas sentis aussi proches depuis l'accident.

Je lui ai donné les coordonnées de Dorothy Kelner, dont le nom était suivi d'une ribambelle d'initiales. Il a fermé la porte avant de lui téléphoner, afin que je ne puisse pas entendre leur conversation. Puis il est ressorti avec l'air gêné.

— J'y vais demain, m'a-t-il annoncé en s'efforçant de prendre un ton naturel.

— Ça n'a pas traîné !

— Quelqu'un venait d'annuler un rendez-vous.

— Plus tôt ce sera, mieux ça vaudra.

— Tu as sans doute raison.

— À quelle heure ?

— En fin d'après-midi. J'irai directement en sortant du bureau. Je me demande ce que je vais bien pouvoir lui raconter.

— Tout le monde doit être dans le même cas avant la première séance.

Le premier soir, il s'est montré loquace. Il est entré dans la cuisine alors que j'étais en train de râper du fromage dans un bol, il a jeté son veston sur le dossier d'une chaise, il s'est assis, et il a aussitôt attaqué :

— Ça m'a beaucoup fait réfléchir. À des choses auxquelles je n'avais jamais pensé. Pas seulement à…

Comme il avait encore beaucoup de mal à prononcer le nom de Rory, je l'ai fait à sa place.

— Oui. Tu te souviens de ce que je t'ai dit hier, que j'avais du mal à me livrer avec d'autres hommes, que je n'arrivais pas vraiment à vider mon sac ?

— Oui.

— D'après Dorothy, les hommes de ma génération sont dans une position très délicate. Nous sommes une génération de transition, à mi-chemin entre le stoïcisme de nos pères et l'ouverture émotionnelle que nous allons transmettre à nos fils. Elle m'a demandé quel genre de père j'étais avec les deux garçons, et je n'ai pas su quoi lui répondre. J'ignore à quelle catégorie j'appartenais… enfin, j'appartiens. Je ne me comporte pas du tout comme mon père. Je ne me mets pas à hurler des menaces en rentrant à la maison. Il m'arrive de leur lire des livres, de les emmener à la piscine, de discuter et de jouer avec eux. Enfin, cela m'arrivait…

Il a fait une grimace.

— Merde, merde, merde ! Mais je ne me comporte pas non plus comme une mère, n'est-ce pas ? Contrairement à ce que nous avions décidé avant d'avoir des enfants, nous ne partageons pas les choses en parfaite égalité. Je vais travailler au bureau, et toi tu restes à la maison. Quand ils se font mal, c'est vers toi qu'ils se précipitent. Quand quelque chose ne va pas, c'est toi qui les prends dans tes bras. Dorothy m'a demandé si tout ça me manquait : les câlins, les caresses, les petits mots tendres. Je lui ai répondu que ça ne pouvait pas me manquer, puisque je n'en avais jamais fait l'expérience. Mais cela me fait drôlement réfléchir, Stella. À toutes les choses auxquelles je n'avais jamais pensé, si tu vois ce que je veux dire. Je ne m'étais jamais posé de questions sur ma façon de vivre, sur les sentiments que j'éprouve ou que je n'éprouve pas, sur mes désirs refoulés. Le fait d'être un mari, un père, de travailler, de me donner du mal : tout ça me semble si loin désormais.

Il a continué sur sa lancée pendant que je faisais bouillir de l'eau pour les pâtes et que je préparais une sauce au basilic. J'ai posé le fromage râpé devant son assiette. Il a continué à parler en mangeant et s'est contenté de quelques gorgées de vin rouge pour ne pas interrompre son débit. Comme il n'attendait visiblement aucune réponse de ma part, je me suis bien gardée d'intervenir. Ses paroles ricochaient sur moi sans m'atteindre. En toute franchise, je ne les ai même plus entendues au bout de quelque temps. Seuls certains mots affleuraient à la surface, comme des récifs au milieu d'une rivière. Souffrance, perte, culpabilité, amour, deuil.

Son monologue a repris de plus belle après la deuxième séance. C'était comme un flot d'émotions nouvelles, inédites. Et moi — la sécheresse incarnée — j'en étais réduite à l'écouter. J'avais de plus en plus de mal à aligner deux mots d'affilée. Je m'occupais de Max, de ses leçons, de ses copains, de ses gammes, je lui lisais des livres pour l'endormir, je servais le dîner de Rick, je lui souriais, je le serrais contre moi quand il pleurait, je repassais ses chemises, je faisais la cuisine, je mettais un point d'honneur à manger ma part afin de me maintenir en bonne santé. J'allais parfois me promener, et quand les gens m'arrêtaient pour me demander si je tenais le coup, je leur répondais poliment et même avec entrain. J'écrivais à toutes les personnes qui nous avaient envoyé leurs condoléances. Toutes ces activités constituaient-elles une existence ? Sans doute. Est-ce que j'allais pouvoir continuer longtemps comme ça ? Probablement.

Et puis un jour, Sonia a pris une matinée de congé pour me rendre visite. Je venais de conduire Max à l'école, et le crachin était en train de se transformer en averse. Le chapeau de laine verte de Sonia était déjà trempé, l'eau dégoulinait sur son imperméable, et la pluie martelait l'allée derrière elle.

— Tu es prête ? On pourrait aller faire une petite balade.

— Tu crois ? ai-je répondu d'un ton sceptique.

Le ciel avait pris une teinte violacée, et le vent faisait tourbillonner des nuages de feuilles mortes.

— Il vaudrait peut-être mieux boire un café en attendant que ça se calme.

— Non, a dit Sonia en resserrant la ceinture de son imper. Ça fait du bien d'avoir le visage fouetté par le vent. Et c'est plus facile de parler quand on marche.

J'ai protesté doucement :

— Je n'ai peut-être pas envie de parler.

— Eh bien, dans ce cas personne ne t'y obligera.

À l'évidence elle n'en pensait pas un traître mot.

Il y a une promenade que j'adore : un sentier qui démarre à quelques minutes de la maison et qui s'enfonce dans un bois. J'y allais souvent avec les enfants, car ils pouvaient grimper sur les tas d'arbres abattus et profiter des quelques mares à moitié dissimulées derrière des massifs de joncs et des ronciers. L'été, nous y pique-niquions, et nous laissions les miettes pour les oiseaux et les écureuils. C'est là que Rory avait trouvé tous ses marrons, quelques semaines plus tôt, pendant que je cueillais des mûres pour faire une tarte. La plupart des arbres étaient dénudés à présent, et le tapis de feuilles mortes crissait sous nos pieds. Un jour un peu irréel filtrait à travers les branches, et les gouttes d'eau crépitaient sur nos vêtements. Une odeur entêtante régnait dans le sous-bois, une odeur d'humidité, de champignons et de moisissure. Tandis que nous avancions, Sonia m'a prise par les épaules. Mais je n'avais nullement l'intention de fondre en larmes.

— Alors, ça va ?

— Oui, ça va.

— Tu n'as pas besoin de jouer à la forte femme.

— C'est ce que tout le monde me répète.

— Stella ?

— Oui.

— Nous nous faisons du souci pour toi.

— Il ne faut pas. Je tiens vraiment le coup.

— Nous voudrions tous t'aider.

— Mais tu nous aides, ai-je menti. Cela nous fait du bien de savoir que tu penses à nous. Regarde, voilà la cachette habituelle de Rory, sous les branches qui pendent. Il partait chaque fois en courant, il rampait à l'intérieur, puis il sortait brusquement pour me faire peur.

— Stella, si jamais tu as envie d'en parler, j'espère que tu sais…

— Bien sûr, je sais que je peux compter sur toi.

Mais toi, ai-je pensé, tu ne sais strictement rien. Tu n'es même pas capable de gratter la façade. Personne n'a assez d'imagination pour deviner ce que je vis.

Rick n'a pas voulu parler après sa troisième séance. Il a marmonné qu'il avait mal à la tête, il s'est servi un whisky bien tassé, et il s'est installé devant la télé, en jouant toutes les deux minutes avec la télécommande. Il n'est pas venu se coucher avec moi car il n'avait pas sommeil. Enfin il m'a rejointe à 2 heures du matin.

— Rick ?

— Rendors-toi.

— Est-ce que ça va ?

— Laisse-moi tranquille.

4

Rick l'a vue deux fois la première semaine, et deux fois la semaine suivante. Après s'être montré loquace au début, il s'est renfermé dans son silence. Un peu comme Max à la sortie de l'école. Dès qu'il franchissait la grille, je recourais à toutes sortes de ruses pour tenter de savoir comment s'était passée sa journée, sans obtenir de réponses plus éloquentes qu'un vague « pas mal ». Je ne posais aucune question à Rick à propos de ses séances, car je savais parfaitement que ce n'était pas mon rôle. Le point essentiel, c'est qu'il avait besoin de parler à quelqu'un d'autre que moi. Il ne laissait rien transparaître de ses sentiments. Quand il ouvrait la porte de la maison, j'essayais de déceler des indices. La fatigue se lisait sur son visage, mais de toute manière il avait toujours l'air fatigué.

Je ne ressentais aucune déception, car j'ignorais ce que j'espérais. Est-ce que je voulais son bonheur ? Je ne savais même pas ce que ce mot signifiait. Est-ce que je voulais qu'il surmonte son sentiment de culpabilité ? Là encore, ce mot ne signifiait rien pour moi. Est-ce que je voulais qu'il redevienne comme avant ? Une telle chose étant impensable, je n'y pensais même pas. Pourtant, au bout d'une quinzaine de jours, j'ai eu l'impression qu'il ne cherchait plus un refuge misérable dans l'alcool. Nous n'avions pas vraiment de discussions en profondeur. J'imagine qu'il en avait l'occasion ailleurs. Mais du moins son comportement était redevenu plus normal. Il a refixé l'étagère qui s'était détachée du mur plusieurs mois auparavant. Il a aussi réparé le robinet de la cuisine, ce qui impliquait un samedi entier de bricolage, avec des tas d'outils et des morceaux de métal bizarres éparpillés sur le carrelage.

Un soir, trois ou quatre semaines après le début de sa thérapie, j'étais en train de lire un magazine, ou du moins de tourner les pages pour que les images puissent défiler dans mon cerveau, quand soudain ses mains se sont posées sur mes épaules. Je ne l'avais pas entendu rentrer.

Je me suis retournée. Il m'a saisi le menton et m'a regardée fixement. Je me suis efforcée de ne pas baisser les yeux. Qu'y avait-il dans les siens : de la douleur, de la colère, du désir ? Pas d'amour, en tout cas. Il me passait aux rayons X, comme s'il avait voulu lire mes pensées. Il n'a pas répondu à mon sourire. Ses doigts se sont enfoncés brutalement dans ma peau, et j'ai commencé à avoir un torticolis.

— Rick ?

— Mmm.

— Qu'est-ce qu'il y a ?

— Que veux-tu dire ?

— Ton regard…

— On monte ?

— Comment ?

— La vie continue, non ? Ce n'est pas ton avis ? Il ne faut pas laisser les morts étouffer les vivants.

Sa voix avait une dureté métallique.

— Oui.

— Très bien. Alors suis-moi.

Il m'a pris la main pour m'obliger à me relever. Le magazine a glissé par terre. Il m'a entraînée vers l'escalier.

— Max n'est peut-être pas encore endormi. Laisse-moi vérifier.

Max dormait à poings fermés, mais je suis restée quelques instants au pied de son lit pour réfléchir. Mon corps était aussi rigide et glacial qu'un vieux château fort en plein hiver, et je m'apprêtais à faire l'amour avec Rick, à murmurer son nom, à simuler le plaisir. Je n'allais pas laisser les morts étouffer les vivants.

— Déshabille-toi, a-t-il ordonné dès que je suis entrée dans la chambre.

— Laisse-moi d'abord mettre mon diaphragme.

— Non. Viens ici.

Il m'a embrassée brutalement. Sa barbe m'a râpé la peau. Il m'a attrapée par les cheveux et m'a renversée sur le lit. Je ne pouvais presque plus bouger. Agressif, tendu, il me labourait sans la moindre tendresse. Son front était en sueur, son regard vitreux. Au lieu de me regarder dans les yeux, il semblait perdu dans une région lointaine, inaccessible. Une fois l'acte terminé, il a roulé sur le côté et m'a tourné le dos.

Je ne cessais de penser à Dorothy Kelner, cette femme avec laquelle mon mari entretenait des relations si intenses. Comment aurais-je pu m'en désintéresser ? Je ne savais même pas à quoi elle ressemblait. De temps en temps, sans y toucher, je posais une question à son sujet. Rick ne se montrait ni réticent ni cachottier, mais il restait dans le vague. Comme si je l'avais interrogé à propos du facteur. Était-elle sympathique ? Il me répondait que ça allait en haussant les épaules. Quel âge ? La trentaine. Était-elle intelligente ? Il n'en était pas sûr, car c'était lui qui parlait presque tout le temps. Est-ce qu'il en retirait un bénéfice ? Difficile à dire : il était sans doute la personne la plus mal placée pour me répondre.

Elle avait pris les dimensions d'une divinité si imposante, à la fois absente et omniprésente, que le jour où le téléphone a sonné et que mon interlocutrice s'est présentée comme le Dr Dorothy Kelner, j'en suis restée sans voix. C'était comme si j'avais eu le Père Noël ou Elvis Presley au bout du fil.

— Je suis désolée, ai-je bredouillé. Rick n'est pas là. Il est à son travail.

— Je sais. C'est à vous que je voudrais parler.

Sa voix était tout à fait ordinaire, avec une petite note professorale. Du coup, je me suis sentie moins intimidée.

— Très bien.

— En personne, si possible. Pourrions-nous nous rencontrer ?

Malgré ma stupéfaction, je me suis efforcée de réagir en femme bien élevée.

— Bien sûr. À votre cabinet ? Ou préférez-vous venir chez moi ?

— Je dois me rendre en voiture dans votre quartier cet après-midi. Le temps est clément aujourd'hui. Nous pourrions nous retrouver près de la rivière ?

— D'accord.

Nous avons ensuite mis un certain temps à définir le lieu et les moyens de nous reconnaître. Mais ça m'était égal. Même si elle m'avait donné rendez-vous en haut de la tour Eiffel, j'aurais accepté.

Pour commencer, elle n'avait pas une trentaine d'années, mais une bonne quarantaine. Elle n'était peut-être pas belle au sens strict, mais elle avait à coup sûr un physique intéressant. Elle avait des cheveux bruns bouclés et portait un long imperméable, comme si elle n'avait pas eu confiance dans le beau temps. C'est moi qui l'ai repérée la première, tandis qu'elle regardait en fronçant les sourcils un groupe de bernaches du Canada qui se disputaient des morceaux de pain au bord de l'eau.

Au début, c'est elle qui s'est montrée le plus mal à l'aise. Elle s'est mise à débiter des généralités sur la rivière et sur Burleigh, comme si nous étions de vagues connaissances tombées l'une sur l'autre par hasard et qui n'ont rien à se dire. Puis elle s'est tournée vers moi, et pour la première fois j'ai vu ses yeux marron.

— Alors, quelle est votre impression ? m'a-t-elle demandé.

— Vous voulez parler de ses séances avec vous ? Je ne sais pas. Il ne me dit rien. La première fois, il m'a parlé pendant des heures. Il était surexcité. Mais depuis il ne me dit plus rien.

— Cela vous ennuie ?

J'ai enfoncé mes mains dans mes poches et contemplé le cours d'eau paresseux. Pendant le week-end, les chemins sont noirs de monde, et on passe son temps à éviter les cyclistes et les gens juchés sur ces espèces de scooters ridicules. Mais en semaine l'endroit est désert.

— Vous savez ce que nous avons vécu. Tout ce que je désire, c'est que Rick se sente un peu moins mal.

— Est-ce le cas ?

— Je n'en suis pas certaine. Peut-être. En tout cas, il boit moins qu'avant. Mais c'est vous le médecin.

— Si j'ai bien compris, c'est vous qui lui avez conseillé de venir me voir. Enfin, de voir *quelqu'un*.

— C'est exact.

— Pourquoi ? Il vous semblait terrassé par le chagrin ?

— Oui, bien sûr. Mais pas uniquement à cause de ça. Son comportement était devenu bizarre, et je n'arrivais plus à communiquer avec lui. Il planait complètement. Mais je crois que ça va mieux. Est-ce aussi votre sentiment ? Mais j'imagine que vous n'avez pas le droit de me répondre.

— Effectivement.

— C'est comme le secret de la confession.

— Un peu, oui.

— Je serais très curieuse de savoir ce que Rick peut bien vous raconter. En toute franchise, ça m'inquiète un peu. C'est étrange de savoir que votre mari confie ses secrets à une autre femme.

— Vous pensez qu'il me confie des choses dont il ne vous parle pas ?

— Je suis persuadée que c'est le point crucial. Dans certaines situations, il est plus facile de se livrer devant un étranger. J'ai l'impression que lorsqu'il me regarde, il voit… enfin, vous comprenez.

— Vous avez sans doute raison.

Un long silence s'est établi, et de nouveau j'ai contemplé la rivière. Et puis, brusquement, une question m'a traversé l'esprit.

— D'habitude, vous tenez à rencontrer les familles de vos patients ?

— Non, jamais.

Sa réponse m'a sidérée.

— Oh ! Alors pourquoi vouliez-vous me voir ? En quoi sommes-nous différents ? Vous vouliez juste savoir ce que je pensais de l'état de Nick ?

— Pas exactement.

Une idée m'est venue à ce moment-là.

— Avez-vous dit à Nick que vous souhaitiez me rencontrer ?

— C'est justement là le problème, a-t-elle répondu en secouant la tête. Mon métier consiste presque exclusivement à parler avec mes patients. Je ne connais pas le cadre de leur vie quotidienne, ni leurs amis, ni les membres de leur famille.

Elle s'est passé les doigts dans les cheveux. Au début, elle m'avait semblée plus âgée que moi et jouissant de l'autorité du médecin. À présent, elle paraissait plus jeune, plus vulnérable.

— Je vous écoute.

— Je m'occupe de l'esprit de mes patients, de leur comportement, de leur manière de s'exprimer, de leur imagination. On peut trouver cela bizarre, mais je ne m'intéresse guère à la réalité qui sous-tend leur discours. Peu importe si le monde n'est pas exactement tel qu'ils le décrivent. Ce qui m'intéresse, c'est la vision qu'ils en ont. Mais il arrive que certains problèmes surgissent, et qu'il soit impossible de les régler dans le cadre de l'analyse.

Elle s'est mise à jeter des coups d'œil furtifs autour d'elle, comme quelqu'un qui s'attend à être arrêté par la police.

— Je vais vous donner un exemple, en précisant qu'il ne s'applique pas au cas précis de votre mari. Quand un psy estime que son patient risque d'attenter à ses jours, il est automatiquement dégagé des règles déontologiques de confidentialité. Il peut faire appel aux personnes dont il juge l'intervention nécessaire.

— Une seconde, vous m'avez bien dit que Rick *n'est pas* dans un état suicidaire ?

— Non, je ne pense pas.

— Alors de quoi parlez-vous ?

— Je vais prendre un autre exemple. Votre comparaison avec le secret de la confession n'est pas bonne. Contrairement au prêtre, le psy peut appeler la police si son patient lui avoue avoir commis un crime.

J'ai senti une nausée m'envahir.

— Rick vous a avoué quelque chose ?

— Non. Comme je viens de vous l'expliquer, dans un cas de ce genre j'aurais déjà prévenu la police.

Tandis qu'elle me dévisageait en silence, j'ai compris ce qu'il se passait. C'était exactement comme ces guides destinés à aider les parents à répondre aux questions délicates posées par leurs enfants. Comment est-ce qu'on fait les bébés ? C'est quoi, la drogue ? Ne les noyez pas sous un flot d'explications. Attendez qu'ils vous interrogent. Répondez-leur avec franchise.

— Ça vous ennuie si je dis à Rick que vous êtes venue me voir ?

— C'est à vous de décider. Mais vous feriez mieux de vous en abstenir.

— Mettons les choses au clair : Rick ne risque pas de se suicider ?

— Non.

— Et vous m'avez assuré qu'il ne vous avait rien avoué ? Je vais donc vous poser une question que je n'aurais jamais voulu formuler : essayez-vous de me dire que Rick est responsable dans une certaine mesure de la mort de Rory ?

Dorothy Kelner s'était détournée pour contempler la rivière qui s'écoulait paresseusement entre les deux rives de Burleigh. Après un long silence, elle m'a fait face, le visage empreint de gravité.

— Je ne sais pas quoi vous dire. Et je ne sais pas non plus trop quoi faire. Ma visite constitue une violation des règles déontologiques, et je n'ai à vous donner qu'une simple impression. Mais je me suis sentie obligée de venir vous en parler.

— Quelle impression ?

— Une mauvaise impression. Je suis désolée, je ne peux pas vous en dire plus.

— Une mauvaise impression, ai-je répété. Et quelle conclusion allez-vous en tirer ?

— Demain, je vais dire à votre mari que je ne peux

plus le recevoir. Ne vous inquiétez pas, je trouverai une bonne excuse. Je suis désolée, Mrs Traynor.

— Vous êtes désolée ! Comment osez-vous faire des insinuations aussi débiles ?

J'ai levé la main et l'ai giflée à la volée. Elle a reculé sous la violence du coup, au point de vaciller pendant quelques instants au bord de la rivière. Puis elle a retrouvé son équilibre et ouvert la bouche. Mais elle n'a pas dit un mot. Un petit signe de tête, et elle était déjà partie.

5

Rory s'était noyé dans la piscine de la villa que nous avions louée pour deux semaines sur la côte Sud de l'Angleterre, pendant les grandes vacances. Ce n'était pas une grande piscine ; il avait largement pied à l'une des extrémités du bassin, au pied des marches qui menaient à la terrasse sur laquelle nous nous faisions bronzer en lisant et en sirotant des boissons fraîches. Mais il y avait plus de deux mètres de fond à l'autre bout, et Rory ne savait pas nager. Quand l'un d'entre nous se tenait à ses côtés, il s'amusait à patauger : ses petites jambes potelées fouettaient la surface de l'eau, tandis qu'il imitait les mouvements de crawl avec ses bras munis de manchons. Mais sans notre aide il coulait comme une pierre. J'avais essayé de lui apprendre à nager, je l'avais même inscrit aux cours de natation de la piscine municipale, mais c'était une tête de mule. Je pense qu'il avait toujours eu peur de l'eau, bien qu'il ait toujours refusé de l'admettre, car il avait assimilé de bonne heure les règles du comportement masculin.

C'était au mois d'août. Il avait fait très chaud ce jour-là. Le gazon était jauni, et sur les arbres les feuilles d'un vert sale semblaient toutes flétries. Tous les soirs, une fois les enfants couchés, Rick et moi nous promenions dans la moiteur du jardin. C'était une sorte de convalescence après une année difficile : Rick travaillait trop, et moi je regrettais d'avoir dû abandonner ma carrière à cause de mes deux maternités. Les propriétaires nous avaient avertis que le terrain n'était pas très bien entretenu, mais nous nous en moquions : cela donnait à la villa une ambiance un peu mystérieuse, et les garçons pouvaient ainsi ramper dans les hautes herbes, explorer de vieux appentis et aménager des cachettes sous les buissons touffus.

Lors de notre arrivée, la piscine était d'un bleu turquoise, mais au cours de notre séjour l'eau était devenue trouble et légèrement verdâtre, de sorte qu'on ne voyait plus le fond. Quand vous étiez debout, impossible de distinguer vos pieds. Le corps de Rory, vêtu du short qu'il avait porté toute la semaine, d'un T-shirt rouge et de sandales tout éraflées, n'était qu'une silhouette très floue qui se déformait au gré des ondulations à la surface de l'eau.

C'était le début de la soirée. La moitié du jardin était plongé dans la pénombre, et un soleil orange disparaissait à l'horizon. Une autre belle journée s'annonçait pour le lendemain. Soudain, je l'ai aperçu au fond de l'eau. Je me suis débarrassée de mes tongs et j'ai sauté dans la piscine toute habillée. Ma robe longue en coton s'est collée contre ma figure et m'a désorientée pendant quelques secondes. Mais quand je suis descendue la tête première, le corps m'est apparu clairement. Son visage avait une drôle de couleur : malgré l'eau verte, je voyais bien qu'il était bleu et boursouflé. Il avait la bouche et les yeux ouverts, et ses mains étaient tendues vers moi, comme s'il avait voulu que je le prenne dans mes bras. J'ai su tout de suite qu'il était mort. Je l'ai attrapé sous les aisselles pour tenter de le remonter à la surface. Il était très lourd — comme un poids mort. Finalement, je l'ai sorti à grand-peine par les marches du petit bain et je l'ai allongé sur les dalles de la terrasse. Il était déjà tout froid. Et puis j'ai vu Rick qui regardait son fils sans vie, figé sur place. Il était incapable de faire le moindre geste. Il ouvrait et refermait les poings mécaniquement, avec une lueur de folie au fond des yeux. J'ai pincé le nez de Rory et, bien que je sache que ça ne servait à rien, j'ai commencé à lui faire du bouche-à-bouche.

— Appelle une ambulance.

Rory avait les cheveux presque noirs et les yeux marron. Il lui manquait un petit bout de dent, mais nous ne l'avions pas fait soigner parce que ce n'était qu'une dent de lait et qu'elle allait bientôt tomber. Il avait les deux genoux écorchés et les jambes couvertes de bleus. L'un des ongles de ses orteils était tout noir, car il s'était fait tomber une pierre dessus. Il avait une voix… j'allais dire une voix à réveiller les morts. C'était notre expression habituelle, à Rick et à moi. Quand il hurlait, l'écho se répercutait dans toute la maison et me résonnait dans les tympans. Il ne restait pas tranquille deux minutes : il fallait le surveiller en permanence. Même la nuit, il n'arrêtait pas de se retourner, de tomber de son lit ou de crier quand il avait des cauchemars.

Lorsque j'ai relevé la tête, Rick avait disparu, mais Max se tenait devant moi, en pyjama. Il se suçait le pouce — une habitude qu'il avait perdue dès ses premiers jours d'école — et regardait fixement Rory.

— Va attendre dans la maison.

— Maman ?

— Retourne dans la maison, chéri.

— Je veux rester avec toi.

C'est alors que Rick nous a rejoints.

— Ils sont en route. Continue le bouche-à-bouche.

— Il est mort.

Quand j'ai dit au Dr Lawrence que je n'en avais soufflé mot à personne, ce n'était pas tout à fait exact. J'avais eu un dialogue intérieur, non pas pour énoncer de grandes vérités, mais plutôt pour raviver mes souvenirs et pour éclaircir toute l'histoire. Le fait de ressasser les mêmes choses m'évitait de trop réfléchir, de chercher à creuser sous la surface des apparences. À présent, la maison était si calme durant la journée qu'il m'arrivait de parler à voix haute pour rompre le silence qui se déposait dans les pièces à la manière d'une couche de poussière. Je me donnais des ordres, je m'appelais par mon nom, comme si j'avais été une étrangère : « Allez, Stella ! » ou encore : « Ce n'était qu'un tragique accident. » J'écoutais les mots résonner. Il suffisait de les répéter plusieurs fois pour qu'ils perdent leur signification et deviennent une simple succession de syllabes.

— Ce n'était qu'un tragique accident.

Telle était à l'évidence la solution du problème, le fil d'Ariane qui m'aiderait à sortir du labyrinthe. Les gens avaient souvent recours à cette phrase, et moi aussi je l'employais volontiers. Ce n'était *qu*'un… Ce petit mot jouait un rôle crucial, car il impliquait que personne n'était responsable, que cela aurait pu toucher n'importe qui, et que c'était tombé sur nous. Personne ne nous disait : « Vous ne devez pas vous sentir coupables. » Mais c'est ce que tout le monde sous-entendait durant les premières semaines, voire les premiers mois de deuil. Parfois, j'avais envie de hurler : « Vous n'y comprenez rien ! Absolument rien ! Tous les parents savent qu'on est envahi par un sentiment diffus de culpabilité dès la naissance d'un enfant. Mais moi, je peux vous expliquer ce que c'est qu'un vrai sentiment de culpabilité… »

J'étais là le jour où Rick avait frappé Rory. Nous étions opposés l'un comme l'autre aux châtiments corporels, et pourtant il l'avait frappé, au moins une fois en tout cas, et il avait refusé catégoriquement de reconnaître ses torts. Il faut dire que Rory avait le don de vous mettre les nerfs en pelote. Je lui serrais souvent les poignets avec une telle force que des marques rouges demeuraient longtemps visibles sur sa peau. Quand il piquait une de ses crises, je le traînais de force dans sa chambre et je refermais la porte derrière moi, aussi essoufflée qu'après une vraie bagarre. Il m'est même arrivé une ou deux fois de lui écraser ma main sur la bouche et de le menacer de représailles. Nous ne faisions plus jamais référence à ces incidents, mais nous les avions toujours présents à l'esprit.

Le problème, c'est que nous nous connaissions par cœur, Rick et moi, et que le passé de l'un n'avait aucun secret pour l'autre. L'intimité peut devenir un handicap terrible, car elle ne vous laisse aucun endroit où vous réfugier. Il est plus facile de se comporter comme des étrangers et de s'abriter derrière des banalités et de vieilles habitudes que d'affronter ensemble la lumière aveuglante de la vérité. Parfois, il vaut mieux rester tapi dans l'obscurité.

Je suis retournée me promener dans le bois avec Sonia. Il ne pleuvait pas ce jour-là. La température était douce, le ciel bleu, et le sol ressemblait à une mosaïque d'ombres et de taches ensoleillées. Un pic tambourinait dans un grand hêtre, et l'écho se répercutait d'arbre en arbre. Je me suis arrêtée en arrivant à la mare.

— C'est bizarre, tu sais. Rory avait peur de l'eau.

Sonia m'a souri et m'a effleuré le bras.

— Vraiment ? Je le croyais très intrépide.

— Oh, pas du tout ! Il faisait souvent des cauchemars. Il avait aussi peur du noir. Mais l'eau…

— Oui ?

— Eh bien, c'est tout de même étrange qu'il soit allé tout seul à la piscine.

— Comment ça, étrange ?

— Non, ce n'est rien.

— Te sens-tu un peu mieux, à présent ?

— Ça va, merci…

— Non, Stella. Je veux dire : comment te sens-tu *franchement* ?

— Glacée.

— Tu as froid ?

— Non, c'est comme si mon cœur était congelé. Ces jours-ci, j'ai eu comme l'impression qu'il commençait à dégivrer.

— C'est une bonne chose, non ?

— Oh non ! Bien au contraire. Tu ne comprends pas que je n'ai aucune envie de découvrir ce qu'il y a sous la glace ?

— Tu veux parler de la souffrance ?

— Non.

Mon cœur battait si fort que je l'entendais distinctement.

— De quoi, alors ?

— Je veux parler de certaines choses que je suis incapable de formuler, et même d'imaginer.

— Excuse-moi, j'ai un peu de mal à te suivre.

— Je connais Rick depuis quinze ans, et nous sommes mariés depuis douze ans. Ça fait un bail, non ? Nous devrions avoir confiance l'un dans l'autre. Je devrais pouvoir compter sur lui, et lui sur moi. Écoute, si un inconnu venait te voir et te disait ou te laissait entendre quelque chose d'épouvantable à mon sujet, un secret terrifiant, est-ce que tu le croirais ?

— Non.

Elle avait eu une seconde d'hésitation.

— Ah ! tu vois. Tu n'es pas sûre à cent pour cent. L'idée ferait son chemin dans ton esprit, et tu serais incapable de l'oublier. Même si tu décidais de rejeter cette accusation, elle continuerait à te harceler. Elle serait toujours présente entre nous. Qui a dit que les paroles étaient inoffensives ? Ce sont au contraire des armes redoutables. On peut détruire n'importe quoi avec un seul mot. Rien de plus facile.

— Quel est le rapport avec Rory ?

Le regard de Sonia trahissait son embarras et son anxiété.

J'aurais pu lui raconter ma rencontre avec la psy et lui répéter ses propos. J'ai d'ailleurs été à deux doigts de le faire. Ç'aurait été une manière brutale de me simplifier la vie. Mais j'ignorais quelles en seraient les conséquences. Car un tel aveu ne pourrait pas rester sans suite. Or, je ne voulais pas perdre le contrôle de la situation. J'ai donc préféré me pencher, ramasser un bâton et le lancer dans la mare, où il s'est englouti sous les lentilles d'eau. Puis je me suis remise en route. Sonia m'a attrapée par le bras pour se maintenir à ma hauteur.

— C'est naturel que tu te sentes coupable, Stella. Mais tu as tort, je t'assure.

Je l'avais obligée à prononcer la formule éculée.

— Et pourquoi ne me sentirais-je pas coupable ?

— Tu étais une mère formidable pour Rory. Bien sûr, tu piquais parfois des colères contre lui. Parce qu'il faut reconnaître que ce n'était pas un enfant facile. Mais sincèrement, tu n'aurais pas pu être une meilleure mère. Et je suis certaine qu'il a toujours senti que tu l'aimais…

Elle a continué à débiter ses platitudes pendant que le pivert recommençait à tambouriner contre son tronc. Mes battements de cœur se sont peu à peu espacés. Le danger était passé : nous étions de nouveau sur un terrain familier.

— Je dormais quand c'est arrivé.

— Tu n'as rien à te reprocher.

— Je dormais quand c'est arrivé.

Sonia m'a raccompagnée. Elle a préparé du thé pendant que j'allais chercher Max à l'école. Ensuite, j'ai préparé le dîner : épinards, quiche à la feta, gâteau de riz. Elle en a profité pour aider Max à faire ses problèmes de maths et pour le laisser gagner une partie de cartes sans qu'il s'en aperçoive, ce qui l'a rendu fou d'orgueil. J'avais fréquenté Sonia pendant plus de la moitié de mon existence. Si j'avais été capable de confier mon secret à quelqu'un, c'est elle que j'aurais choisie. Mais mon cœur s'était mis à battre la chamade et mon estomac s'était noué au moment crucial, et j'avais dû faire marche arrière. Je ne pouvais pas lui en parler. Je ne pouvais en parler à personne.

Sonia était encore là à 19 heures, quand Rick est rentré à la maison. Nous étions assises toutes les deux sur le canapé, un verre de vin à la main, et elle était en train de me rapporter une conversation qu'elle avait surprise dans un magasin. Je venais de laisser fuser un petit rire lorsque Rick a ouvert la porte, et j'ai eu le sentiment que mon rire se cristallisait dans l'air. Il a refermé la porte derrière lui et posé sa mallette sur le plancher.

— Tu rentres de bonne heure, ai-je dit. Je croyais que tu avais rendez-vous après ton travail aujourd'hui.

— Non, tout ça est terminé.

— Tu n'iras plus voir Dorothy ?

De nouveau mon cœur a bondi dans ma poitrine, et j'ai éprouvé une impression très étrange, comme si ma langue s'était mise à gonfler, au point de remplir toute ma bouche. Après avoir bu une gorgée, je me suis forcée à lui demander :

— Tout va bien ?

— Pourquoi est-ce que ça n'irait pas ?

— Il n'y a aucune raison.

Nos regards se sont croisés. Les hostilités étaient ouvertes.

6

Je pouvais très bien décider de ne rien faire, détourner les yeux, ne plus penser à rien, ne rien attendre de précis. C'était tentant. Il me suffisait de laisser le temps passer et la plaie se refermer. Je n'avais qu'à faire le mort. Qu'à faire la morte.

Après le décès de Rory, plusieurs personnes m'avaient dit qu'elles n'avaient pas peur de la mort, mais qu'elles avaient peur de mourir. Je n'étais pas sûre de bien saisir la distinction. Mais s'il s'agit effectivement de choses différentes, moi, en tout cas, j'ai toujours été terrorisée par les deux. Le corps humain est conçu pour vivre. Il mène un combat permanent pour survivre. Et ça ne doit pas être drôle de sentir la défaite venir. Puis de mourir, de sombrer dans le néant, de disparaître à jamais. Autrefois, le simple fait d'y penser me donnait l'impression de sauter du haut d'une falaise et de tomber dans un abîme sans fond.

Mon point de vue s'était complétement modifié après la mort de Rory. Il courait autour de la piscine en hurlant, et dix minutes plus tard il n'était plus qu'un corps inerte et glacé. Une transition d'une incroyable brutalité. À présent, la perspective de mourir, et d'interrompre ainsi le fil de mes pensées et de mes sentiments, me semblait un sort très enviable.

J'hésitais à contacter Dorothy Kelner pour savoir ce que Rick lui avait dit exactement. De toute évidence, ce n'était pas assez révélateur pour qu'elle alerte la police ou les services sociaux. Mais cela avait suffi à provoquer sa panique et à l'amener à me téléphoner, au mépris des règles déontologiques. Mais quand elle s'était retrouvée en face de moi, elle avait été incapable de formuler une accusation précise. Elle ne *savait* donc rien de concret. Et pourtant…

Le lendemain matin, je me suis réveillée plus tôt que d'habitude, avec les idées claires comme de l'eau de roche. Tout était d'une limpidité presque inquiétante. D'ordinaire, Rick se contentait d'avaler à la hâte un café et un toast, sans même prendre la peine de s'asseoir. Ce jour-là, j'ai tout préparé à l'avance et pressé des oranges pour avoir le temps de discuter avec lui autour de la table. Et j'ai beaucoup réfléchi à ce que j'allais lui dire. En effet, ne rien faire n'était pas l'unique solution : je pouvais aussi lui révéler la visite de Dorothy Kelner. Je ne comptais pas lui en parler, mais curieusement je voulais être certaine de ne pas proférer le moindre mensonge — même si mon silence constituait évidemment un mensonge par omission. Un scrupule idiot, sans doute, mais auquel j'attachais beaucoup d'importance.

— Pourquoi cette psy dont j'ai oublié le nom a-t-elle interrompu vos séances ?

— Elle s'est confondue en excuses. Elle m'a dit qu'elle se lançait dans un nouveau projet et qu'elle devait réduire ses consultations. Je lui ai demandé en fonction de quels critères elle choisissait d'abandonner certains patients. Les moins gravement atteints, par exemple ? Elle m'a répondu qu'elle se séparait de ses patients les plus récents, parce qu'à son avis c'était plus facile pour eux. J'ai essayé de lui démontrer qu'elle se trompait, qu'au contraire ses anciens patients étaient plus près de la guérison, et que c'étaient les gens comme moi qui avaient le plus besoin de son aide. Cela ne te fait pas rire, Stella ? Tu ne trouves pas ça drôle ?

— Tu n'as pas été choqué par ses propos ?

— Pourquoi cela m'aurait-il choqué ?

— Sa décision est tellement brusque. Alors que ça avait l'air de bien se passer.

— Cela m'a surpris, et un peu énervé.

— Je suis désolée pour toi. Comptes-tu chercher quelqu'un d'autre ?

— Je ne sais pas. Je n'y ai pas encore pensé.

— Elle t'a suggéré un nom ?

Il a réfléchi quelques instants.

— Non. Elle devait être dans tous ses états. Je devine ce qu'elle ressentait. Je sais ce que c'est que de convoquer quelqu'un dans mon bureau pour lui annoncer son licenciement. J'imagine que ça doit être encore plus délicat d'envoyer un patient se faire voir ailleurs. Tu sais, je me demande si j'ai encore besoin d'un psy.

— Tu es guéri ?

J'ai lu de la colère dans ses yeux.

— Tu te fiches de moi ?

— Bien sûr que non.

— Pour guérir, il faudrait qu'un chirurgien localise tous les morceaux de mon cerveau contenant le souvenir de Rory, et qu'il les extraie au bistouri.

— Je pensais simplement que tu voulais peut-être continuer à parler avec quelqu'un des choses que tu ne peux pas me dire.

— Je suis en train de te parler en ce moment.

Comme je perdais tout contrôle sur la conversation, j'ai reculé :

— Je ne veux pas me disputer avec toi.

Rick a enfilé sa veste.

— Je ne crois pas que le Dr Kelner ait eu grand-chose à m'apprendre. Son discours se résumait à me répéter que ça irait mieux dans quelques années. Mais grâce à elle j'ai commencé à réfléchir à certaines choses. C'est au moins un début.

Après le départ de Rick, je me suis assise dans la cuisine et j'ai bu trois tasses de café. Un peu étourdie par la caféine, je suis montée réveiller Max. Mais juste avant de le secouer, je l'ai observé dans sa position habituelle : allongé sur le dos, avec les bras rejetés au-dessus de la tête. Il dormait déjà ainsi dans son berceau. C'est d'ailleurs le cas pour beaucoup de choses : nous croyons prendre une décision, alors que nous faisons seulement ce que nous avons toujours fait.

J'ai hésité pendant quelques instants à l'attirer dans mon univers sinistre. N'était-il pas mieux au pays des rêves ?

Une fois tous mes hommes partis… enfin, une fois mes deux hommes partis, j'ai eu une journée bien remplie. J'avais décidé de faire le ménage en grand à raison d'une pièce par jour. En commençant par la cuisine. J'ai enlevé les tasses, les assiettes, les bocaux et les petits pots d'épices afin de nettoyer les étagères. J'ai changé le papier collant dans les tiroirs et retiré la crasse des fissures avec la pointe d'un couteau. Je suis montée sur une chaise pour ôter les toiles d'araignée qui pendouillaient depuis des semaines. J'avais dû les repérer au printemps dernier et me jurer de leur faire un sort. Si quelqu'un m'avait dit que ces malheureux filaments de soie survivraient à Rory… Quoi qu'il en soit, ils ne lui avaient survécu que quelques semaines. Puis j'ai lessivé le sol, récuré l'évier et le four, lavé des verres qui n'avaient pas servi depuis des mois, puis donné un coup d'éponge sur les vitres constellées de petites taches de graisse.

Comme je n'avais pas faim, je n'ai pas déjeuné. À

quoi bon manger ? Je pouvais très bien survivre grâce à mes réserves, à ma chair, à la moelle de mes os. Il y avait tant de travail à abattre. Même ma tasse de café ne m'a pas fait l'effet d'un aliment, mais d'une sorte de purge. J'ai donc consacré la moitié de la journée à vider la cuisine et l'autre moitié à tout remettre en place. À présent la pièce était propre et impeccablement rangée. Bien qu'à bout de souffle, je n'avais pas envie d'arrêter. Il me restait quelque chose à accomplir, mais quoi ? Qu'est-ce que Rick avait bien pu raconter à Dorothy Kelner pour provoquer une réaction aussi bizarre ? Qu'est-ce qu'il se refusait à m'avouer ?

Je possède un avantage sur Rick : il n'est presque jamais seul dans la maison, il doit toujours trouver sa place, se ménager un espace entre Max et moi. Alors que durant la journée, je suis seule sur mon territoire. Je m'y sens donc parfaitement chez moi. Soit je l'ai pour moi toute seule, soit je le partage avec les autres. L'unique exception étant le bureau de Rick, où il passe davantage de temps depuis la mort de Rory.

Le mot bureau est un peu ridicule, car il ne s'agit pas d'une pièce à proprement parler. Le couloir décrit un angle bizarre au premier étage, car l'escalier n'est pas d'origine. Quand on l'a changé de place, il y a une centaine d'années, il en est résulté une espèce de renfoncement, dans lequel Rick a installé une table, un ordinateur et un classeur. C'est son domaine privé, si l'on veut, et je n'ai jamais éprouvé la tentation de l'envahir. C'est là que sont centralisées toutes les tâches de la vie quotidienne que je suis incapable d'assumer, ou dont je n'ai aucune envie de me charger : garanties, catalogues, modes d'emploi, crédits, assurances, factures, carnets de chèques usagés. Le simple fait d'en dresser la liste m'assomme.

J'y conserve pour ma part des lettres, des manuels scolaires, mes bulletins depuis l'école primaire et quantité de menus souvenirs : marque-page et autres napperons fabriqués par Max à l'occasion de la fête des mères ; coquillages ramassés sur la plage par les garçons ; cartes de la Saint-Valentin envoyées par des petits copains dont j'ai oublié les traits. Rick n'est pas du genre à tenir un journal intime ou à garder des lettres d'amour dans une boîte à chaussures. Quand je suis montée à l'étage et que j'ai commencé à fouiller dans les tiroirs, je n'ai donc pas eu le sentiment de trahir sa confiance. Je ne cherchais rien de particulier. Je voulais juste savoir à quoi il pensait. Et ce qu'il savait au juste. Je me répétais qu'il n'y avait rien de mal à cela, d'autant plus que le contenu de ces tiroirs ne pouvait pas me donner le plus infime indice sur son état d'esprit. À ceci près qu'un comptable est par essence un maniaque de l'ordre et du classement.

Le seul objet vaguement personnel était l'agenda posé bien en vue sur la table à côté de l'ordinateur. Un grand carnet destiné à noter les rendez-vous, et que je pouvais donc consulter pour savoir si par exemple tel ou tel anniversaire tombait un mardi ou un mercredi. Il était presque vide, parce que Rick ne s'en sert pratiquement jamais. C'est sa société qui le lui a offert, mais il recourt d'ordinaire à un agenda électronique extraordinairement compliqué. Les pages blanches situées à la fin du carnet, et qui ne sont d'habitude jamais utilisées, étaient couvertes de gribouillages. Des triangles, des centaines de triangles se joignaient les uns aux autres pour former une sorte de chrysanthème aux contours géométriques. Il y avait des cercles sur d'autres pages, parfois aussi des carrés, mais le résultat final était toujours une grande fleur. Voilà donc à quoi il avait consacré toutes ses soirées. En continuant à feuilleter l'agenda, j'ai fini par tomber sur mon nom. Les lettres STELLA, inscrites à l'intérieur d'une boîte et hachurées, surmontaient une série de mots écrits les uns au-dessous des autres, comme lorsqu'on dresse la liste des courses. Certains mots étaient entre guillemets : *chagrin, « gardien héroïque et martyr », deuil, « porter son attention sur soi-même, inspire la sympathie », culpabilité ?*

— Qu'est-ce que tu fais ?

Les événements se sont brutalement accélérés. J'ai ressenti une décharge électrique aussi forte que si j'avais mis les doigts dans une prise de courant. J'ai refermé discrètement l'agenda avant de me retourner vers Rick. Et je me suis souvenue qu'il rentrait toujours plus tôt le mercredi après-midi, mais qu'il avait profité de ce temps libre pour aller voir Dorothy Kelner les deux semaines précédentes.

— Je vérifiais quelque chose.

— Quoi ?

— Je me disais qu'on aurait pu aller dîner un de ces soirs, et je voulais savoir si tu étais libre mercredi ou jeudi prochain.

Rick me regardait fixement.

— Tu sais très bien que je ne me sers pas de cet agenda.

— J'avais oublié. C'est idiot, mais j'ai la tête comme une passoire en ce moment.

— Tu cherchais quelque chose en particulier ?

— Que veux-tu dire ?

— Laisse tomber. Ça n'a aucune importance. De toute façon c'est le cas.

— Comment ?

— Je suis libre mercredi et jeudi prochains. Ainsi que vendredi. Ou encore lundi et mardi. Comme tu le sais parfaitement.

— Je m'étais dit que tu aurais peut-être une réunion de travail.

Il m'a dévisagée avec dédain. Il a failli répliquer quelque chose, mais sa bouche s'est refermée et il s'est éloigné.

7

J'étais constamment fatiguée. Après la sonnerie du réveil, je restais un moment allongée, abrutie de sommeil, alourdie, engourdie, inerte. Le lit était toujours vide à côté de moi. Rick se levait tôt et se couchait tard, en tout cas toujours après moi, car dès que Max était endormi, j'avais du mal à garder les yeux ouverts. J'essayais de résister jusqu'à 10 heures, mais mon seul désir était de poser ma joue sur l'oreiller et de sombrer dans le néant. Il m'arrivait de dormir douze heures d'affilée et de me réveiller épuisée. Si j'avais été seule, je crois que j'aurais dormi toute la journée, que je ne me serais levée que quelques instants de temps à autre pour regarder la lumière du jour à travers les rideaux ou pour écouter un oiseau chanter.

Un samedi matin, ce n'est pas le réveil qui m'a arrachée au sommeil, mais Max qui me secouait :

— Maman, il est 8 heures et demie. Il faut qu'on parte en vitesse, sinon on n'aura pas beaucoup de temps là-bas.

— Quoi ?

J'ai ouvert des yeux chassieux : il était habillé, et à

en juger par la tache de confiture qui ornait son pull, il avait déjà pris son petit déjeuner.

— Tu m'as promis de m'emmener à la Ferme des enfants ! Tu te rappelles, hein, maman ?

— Quel temps fait-il ?

— Il pleut, mais c'est pas grave. On y va quand même, surtout que la pluie peut très bien s'arrêter. J'ai l'impression de voir un coin de ciel bleu.

— Ne t'inquiète pas. On ira même sous des trombes d'eau. Si nous sommes trempés, nous prendrons un bon bain en rentrant, et un chocolat chaud.

— Ne te recouche pas !

— Tu as raison. Je me lève.

J'ai posé les pieds par terre et me suis redressée avec un dynamisme factice, puis j'ai enfilé un peignoir.

— On emporte un pique-nique ?

J'ai ouvert les rideaux : il pleuvait à verse, et le ciel était bouché.

— Le temps ne s'y prête guère, tu ne crois pas ?

— On emporte toujours un pique-nique au parc. Et puis tu me l'as promis.

— Vraiment ? Je n'en ai aucun souvenir.

— Tu m'as promis de faire une grande sortie, a-t-il répété en tirant sur la manche de mon peignoir. Tu n'as pas le droit de revenir sur tes promesses, même s'il pleut. Ce n'est pas bien.

— Max, qu'est-ce que tu racontes ?

— Tu n'aurais jamais fait ça avec Rory.

— Max !

Ses yeux étaient pleins de larmes. Je lui ai entouré les épaules, mais il s'est dégagé. Son regard se dérobait.

— Tu sais bien que ce n'est pas vrai, ai-je dit.

Il regardait en silence les gouttes d'eau marteler le trottoir. Il serait bientôt plus grand que moi. Il avait grandi par à-coups au cours de l'année précédente. Je lui achetais des sweat-shirts, et quelques semaines plus tard ses poignets osseux sortaient déjà des manches. Il devait également changer de pantalons et de joggings tous les deux mois. Mais les muscles ne suivaient pas cette croissance trop rapide. Il était tout dégingandé et pâlichon, avec souvent des cernes violets sous les yeux. Ses cheveux, qui étaient blonds comme les blés durant sa petite enfance, avaient viré au châtain foncé.

— Max, tu sais que ce n'est pas vrai, n'est-ce pas ?

— Ouais, a-t-il grogné en regardant la pluie.

Sa grande journée débutait très mal, mais il ne pouvait plus faire marche arrière.

— On dirait que ça s'éclaircit un peu à l'horizon. Je vais préparer le pique-nique, et si ça continue à tomber à seaux à midi, on mangera dans la voiture.

Il a marmonné une vague réponse. J'ai posé ma main sur son dos et il s'est retourné avec une grimace en guise d'excuse. Je lui ai pris la tête entre mes mains et l'ai embrassé sur les deux joues. Sa peau était brûlante et un peu moite.

— Qu'est-ce que tu veux comme sandwiches ?

— Thon-mayonnaise, avec du concombre.

— Et comme chips ?

— À la crevette si on en a. Sinon, au sel et au vinaigre.

— J'enfile mes vêtements et je descends dans deux minutes.

— Je me demande si Blackie est toujours là.

Blackie était un cochon de Nouvelle-Zélande affligé d'un palais fendu. Il ne pouvait manger aucun aliment solide et émettait des sons nasillards au lieu de grogner. Chaque fois que nous allions à la Ferme des enfants, Max restait une éternité immobile devant l'enclos de Blackie, la main posée sur sa tête aux poils raides.

— Je suis sûre qu'il sera là.

— Il est peut-être mort lui aussi.

Rick était assis à la table de la cuisine. Il ne lisait pas le journal, il ne prenait pas son petit déjeuner, il était juste assis. Ses mains étaient posées sur la table, avec les ongles sales et rongés. Il a levé les yeux quand je suis entrée.

— Salut.

Les mots ne sonnaient plus comme avant. On aurait dit une question.

— Bonjour.

— Max et moi partons pour la Ferme dans quelques minutes, dès que j'aurais préparé un pique-nique. Je le lui ai promis il y a longtemps. As-tu quelque chose de prévu ?

— Je pensais vous accompagner.

— Ah bon !

— Tu as une objection ?

— Non. Bien sûr que non. C'est juste que tu ne viens pas avec nous d'habitude, alors je ne m'attendais pas… Mais c'est formidable. N'est-ce pas, Max ?

— Quoi ?

Max venait d'arriver sur le seuil de la cuisine en jouant au football avec une balle de tennis.

— Papa nous accompagne.

— Papa ? Alors on y va tous les trois ? Toi et moi et papa ? Toute la famille ?

Il y avait dans sa voix un accent triomphal.

Il a plu jusqu'à la Ferme. Le paysage était noyé sous des trombes d'eau, les couleurs délavées, et les objets alentour paraissaient déformés comme dans un miroir. Je me suis aperçue en arrivant que j'avais oublié mon imperméable, si bien que je me suis retrouvée trempée jusqu'aux os au bout de quelques minutes. Mais je ne m'en souciais guère. Rick et Max portaient des anoraks jaunes dont la cagoule leur retombait sur les yeux. On aurait dit des pêcheurs au milieu de la tempête. Il n'y avait presque personne dans le parc ; nous étions même peut-être les seuls clients assez courageux pour patauger dans la boue et distribuer des boulettes de nourriture aux moutons et aux cochons qui se serraient les uns contre les autres. Il y avait aussi des poules aux étranges culottes bouffantes, des vaches beiges aux mamelles ballottantes et des biches aux yeux mouillés. C'étaient ces dernières que Rory préférait : il leur tendait des boulettes d'une main tremblante, jusqu'à ce que leurs lèvres de velours lui chatouillent la paume. Je me souvenais du soupir qu'il poussait lorsqu'elles avaient fini de manger, comme un ballon qui se dégonfle.

Tout s'est bien passé au début. Max nous a entraînés de force vers l'enclos de Blackie. Nous l'avons sagement attendu pendant qu'il lui fredonnait une petite chanson en lui frottant le groin. Puis nous sommes allés voir les vaches, mais elles étaient toutes couchées et ne manifestaient aucune intention de s'approcher de la barrière. Ensuite est venu le tour des chèvres, qui nous observaient d'un air lugubre avec leurs yeux jaunes aux pupilles horizontales.

— Elle te ressemble ! s'est soudain exclamé Max à l'adresse de son père.

Rick a eu un petit rire forcé.

— À moi ? Merci beaucoup, Max. Et en quoi est-ce que je ressemble à une chèvre ?

— Leur façon de regarder, a plaisanté Max. Toi aussi, maintenant, tu regardes souvent les gens comme ça.

— Qu'est-ce que tu veux dire par là ?

J'ai tenté de m'interposer :

— Allons, venez voir les chevaux de trait.

— Tu me regardes avec un air de vieille chèvre méchante. Comme ça.

Max a plissé les yeux et serré les lèvres, prenant une allure de gargouille. Les traits de Rick aussi se sont modifiés : tandis qu'il regardait fixement son fils l'imiter, la mâchoire décrochée, son visage m'a paru rétrécir. Il a levé une main, l'a contemplée un instant, et l'a rebaissée. Puis il a serré les poings avec une telle violence que ses phalanges sont devenues toutes blanches.

— Max, ai-je repris, ne fais pas l'imbécile. Allons voir les chevaux.

— Lâche-moi la main, je ne suis plus un bébé.

— Je suis désolé de t'avoir regardé de cette manière, a dit Rick d'une voix qui sonnait faux. Ce n'était pas volontaire.

Une fois de plus je suis intervenue :

— Il ne le faisait pas exprès. C'est juste qu'il est très triste.

— Eh bien, pas moi. Pourquoi est-ce que je serais triste ?

— Nous sommes tous bouleversés, a dit Rick.

Après une brève hésitation, il a posé la main sur la capuche de son fils en signe d'apaisement. Mais Max a eu un mouvement de recul.

— Pas maman.

— Max…

— Pas comme toi, en tout cas. Tu es triste parce que tu préférais Rory. Tout le monde préférait Rory parce que c'était le plus petit, et maintenant il ne vous reste plus que moi. C'est ça, hein ?

— Mon chéri, ce n'est pas vrai.

Je me suis penchée vers lui, sans réussir à voir s'il pleurait, car la pluie ruisselait sur ses joues et entrait dans sa bouche. Nous avions tous l'air de sangloter, debout dans la fange, à côté des chèvres.

— Nous t'aimons, Max, nous t'aimons de tout notre cœur. N'est-ce pas, Rick ?

— Oui, a-t-il répondu d'une voix glacée.

— Max ? Tu m'entends ?

Son agressivité s'était envolée. Il avait pâli et s'était recroquevillé sur lui-même.

— Viens, mon petit chéri. Où veux-tu aller maintenant ?

— Aux biches.

— D'accord. Il te reste encore des boulettes ?

Il a ouvert la main.

— Presque plus.

— Dans ce cas je vais t'en donner des miennes. Montre à papa comment il doit tendre la main, sinon il risque de se faire mordre les doigts.

— De toute façon, c'est pour les bébés.

— Qu'est-ce qui est pour les bébés ?

— Cette sortie complètement idiote. Je suis trop grand maintenant. Je croyais que ça serait différent.

— Mais non, tu n'es pas trop grand. Moi, ça me plaît, et je suis beaucoup plus vieille que toi.

— Ce n'est pas pareil.

— Écoute, on va voir en vitesse les autres animaux, et tu choisis un cadeau dans la boutique de souvenirs. Ensuite on pique-nique dans la voiture, on rentre à la maison, on se change, on boit quelque chose de chaud, on va faire les courses et on loue une vidéo. Ça marche ? Et ce soir tu regardes un film en mangeant une pizza ?

— Avec toi ?

— Bien sûr.

— Et avec papa ?

— Oui, ai-je répondu fermement, sans même regarder Nick. Avec nous deux.

Ce soir-là, après le film, la pizza et la glace, Max est resté longtemps dans son bain, le visage recouvert par un gant de toilette. Puis je lui ai fait la lecture, et il n'a pas cessé de me demander encore un chapitre, encore une page, encore quelques lignes, jusqu'à ce que ses paupières deviennent trop lourdes. Lorsque je suis redescendue, Rick était assis dans le séjour devant un verre de whisky, et il pianotait nerveusement sur la table basse. Après m'être servi un whisky, je me suis installée en face de lui. Il a à peine levé les yeux, avant de se replonger dans la contemplation de ses doigts. Ce tapotement était si exaspérant que j'avais envie de hurler. J'ai avalé une bonne rasade d'alcool et me suis concentrée sur la vague de chaleur qui se répandait dans mon corps. Mes yeux se sont embués.

J'avais rencontré Rick quinze ans auparavant, chez une amie. À l'époque, il avait des traits juvéniles et passionnés, avec de longs cheveux blonds qui lui tombaient dans les yeux. Son visage était tout plissé désormais, et ses rides s'étaient creusées depuis quelques semaines. Un nouveau sillon était apparu entre ses yeux. Ses cheveux courts et clairsemés commençaient à grisonner. Il avait maigri, et l'on voyait ses clavicules saillir sous sa chemise. Je me rendais compte que je ne l'avais pas vraiment regardé durant toutes ces années. Je m'étais tellement habituée à sa présence qu'il était devenu invisible. Brusquement, il réapparaissait sous les traits d'un étranger.

— Rick ?

— Quoi ?

Je n'avais pas préparé de question, et maintenant j'étais incapable de trouver une phrase anodine à lui dire. Un silence pesant s'est établi, créant un véritable fossé entre nous. J'ai avalé une autre gorgée de whisky et me suis levée.

— Je vais faire un petit tour avant de me coucher. Juste quelques minutes. D'accord ?

Il a haussé les épaules.

La pluie avait cessé, mais l'eau continuait à ruisseler

sur les bords de la chaussée. L'air était frais et vivifiant. J'ai marché au hasard en regardant le croissant de lune à moitié masqué par un lambeau de nuage. Un cycliste d'un certain âge remontait la pente dans ma direction, sans éclairage, le visage concentré sur son effort. Un petit chien a levé la patte sur un pneu de voiture. Une chouette a hululé. Au loin, on entendait des chats se battre. Les muscles de mon ventre s'étaient durcis, mon cœur battait la chamade. Il fallait qu'il se passe quelque chose.

8

— Asseyez-vous, je vous en prie, Mrs Traynor.

J'ai lissé ma jupe et pris place sur la chaise en bois que m'indiquait la directrice de l'école, tout en jetant un coup d'œil sur les diplômes encadrés et les dessins d'enfants qui ornaient les murs.

— Miss Perrin sera là dans quelques instants. Elle est allée chercher le registre d'absences.

— C'est moi qui suis un peu en avance.

— Voulez-vous une tasse de thé ? Ou de café ?

— Un café, très volontiers. Avec du lait, mais sans sucre.

— Excusez-moi une minute.

Elle s'est levée et a ouvert la porte du secrétariat.

— Carol, pourriez-vous nous apporter un café noir et deux cafés au lait ? Avec quelques petits gâteaux, si possible.

Miss Perrin nous a rejointes au moment où Mrs Laskey se rasseyait. Elle était un peu essoufflée et transportait des cahiers et des classeurs dans un sac en plastique. Je l'avais vue presque tous les soirs à la sortie de l'école, et elle m'avait toujours rassurée d'un ton affable sur le compte de Max. Mais quelques jours plus tôt, elle avait suggéré que nous nous rencontrions pour discuter de ses « progrès », ce qui m'avait causé une bouffée d'angoisse.

— Nous tenons à vous renouveler nos condoléances pour la perte terrible que vous avez subie, a dit Mrs Laskey dès qu'on nous a apporté nos cafés et des biscuits fourrés.

J'ai marmonné une réponse indistincte et porté le café à mes lèvres. Il m'a paru amer et m'a brûlé la langue.

— Si nous désirions vous voir, c'est parce que nous avons quelques inquiétudes à propos de Max.

— Tout va bien, non ? Je veux dire, du point de vue scolaire ?

— Il vaudrait peut-être mieux que Miss Perrin vous dise ce qu'elle en pense. Après tout, c'est elle qui le connaît le mieux ? Annie ?

Elle s'est tournée vers l'institutrice de Max, qui s'agitait sur sa chaise avec un sourire gêné. Elle avait un grand front et une toute petite bouche.

— Eh bien, comment formuler cela ? Max n'est pas… un enfant heureux.

— Évidemment, ai-je répliqué. À quoi vous attendiez-vous ?

— Je m'attendais bien sûr qu'il soit triste, et je sais qu'il lui faudra du temps pour surmonter l'épreuve. Dans la classe, tout le monde le soutient et fait l'impossible pour qu'il ne se sente pas isolé. Durant les premiers jours, et même durant les deux premières semaines, ça avait l'air d'aller. Il était très calme, il n'ouvrait pratiquement pas la bouche et se tenait un peu à l'écart des autres, mais il n'y avait pas lieu de s'en étonner.

— Et ensuite ?

— J'ai bien peur que depuis quelque temps il ne soit devenu méchant.

— Méchant ?

À l'entendre, on aurait cru qu'elle parlait d'un vilain

garnement qui jette des morceaux de gâteau du haut de sa chaise de bébé.

— Je ne comprends pas. Max a toujours été un enfant très obéissant, pas du tout comme Rory. Je craignais même souvent qu'il ne soit trop sage.

— À présent, il peut être très désagréable avec moi. Ce n'est pas grave parce que je sais me défendre et que je n'ai pas l'intention de tout lui passer. Ce ne serait pas une bonne chose pour lui que de toujours le caresser dans le sens du poil. À mon avis, il doit être traité normalement. Non, ce qui m'inquiète, c'est son attitude envers les autres enfants.

— Je vous écoute.

Il faisait trop chaud dans ce bureau, et mon pull me démangeait.

Miss Perrin s'est penchée pour sortir un carnet à spirale de son sac en plastique, puis elle s'est mise à le feuilleter.

— J'ai noté par écrit les incidents les plus préoccupants. Tenez, la semaine dernière, un coup de pied très brutal dans le tibia de Daisy. Celle-ci était d'autant plus bouleversée qu'elle lui avait apporté des bonbons le jour même. Il a renversé un verre d'eau sur la peinture à laquelle son copain Kevin travaillait depuis des semaines. Il a enfermé un petit garçon de la classe d'en dessous dans les toilettes. Il a glissé des marrons dans le pot d'échappement de Mr Riddett. Vous me direz que ce n'est qu'une farce stupide. Mais un détail nous a un peu dérangées, Mrs Laskey et moi-même : il a agi tout seul, et quand nous avons interrogé la classe, il s'est dénoncé aussitôt, comme s'il avait voulu que tout le monde soit au courant.

— On croirait qu'il cherche à se faire gronder, a ajouté Mrs Laskey.

Je n'arrivais pas à imaginer Max dans la peau d'un

vandale ou d'un petit voyou. C'était absurde. Je me suis frotté les yeux.

— Mrs Traynor ?

— Mmm ?

— Il est normal que Max soit un peu perturbé en ce moment. Ne pensez surtout pas que son comportement nous surprenne. Mais nous voulions vous mettre au courant.

— Bien sûr. Je comprends.

— Comment se conduit-il chez vous ?

Je me suis souvenue de son visage pâle et de son expression révoltée à la Ferme des enfants. J'ai répondu prudemment :

— Il y a des hauts et des bas. On devine une certaine colère.

— C'est parfaitement naturel. Un deuil implique une série de phases différentes.

— Oui.

— A-t-il réussi à vous exprimer ses sentiments ?

— Non, pas vraiment. Il ne veut pas parler, il se braque, si bien que j'ai jugé préférable de lui laisser du temps et une grande liberté de mouvements. Quand il sera prêt, il sait que je serai toujours disponible. Je ne crois pas qu'il sache exactement ce qu'il ressent, tout est encore si mélangé dans son esprit…

Mrs Laskey a alors précisé ce que je ne parvenais pas à formuler :

— Ces accès de violence sont peut-être un moyen d'extérioriser ce qu'il ne peut pas encore exprimer avec des mots.

— Oui, ai-je dit d'une voix blanche. C'est possible. J'aurais préféré qu'il m'en parle. Il me confie ses problèmes d'habitude, ou bien je me rends compe que quelque chose ne tourne pas rond sans qu'il ait besoin de rien dire. Il pense peut-être qu'il serait injuste de se décharger de son fardeau sur moi, alors que j'ai déjà mes propres soucis. J'espère que ce n'est pas le cas, mais on ne peut pas l'exclure. Les enfants ont parfois de drôles d'idées. Et ils se montrent très protecteurs à l'égard de leurs parents, non ?

Elles me regardaient toutes les deux d'un air apitoyé. J'en ai rougi d'humiliation, accablée par un sentiment d'échec et par une fatigue infinie.

— Enfin, je suis désolée de son attitude. À l'école, s'entend. Je vais lui parler.

J'ai décidé d'aborder le sujet le soir même. Après son bain, et avant de lui faire la lecture, c'est-à-dire entre deux moments de répit. Je comptais lui demander comment il se sentait et lui expliquer que je savais ce qui se passait à l'école, en me gardant bien de manifester ma réprobation ou de lui faire honte. Je l'imaginais couché sur son lit, tout propre et les joues bien roses. Je lui poserais la main sur la tête et lui ramènerais les cheveux vers l'arrière, comme lorsqu'il était petit. Et il n'opposerait aucune résistance, car la mort de Rory avait refait de lui mon plus jeune enfant. Mon fils unique.

— Pardon ?

Je ne m'étais pas aperçue que Miss Perrin avait recommencé à me parler.

— Je disais que Max avait d'autres manières d'exprimer ses émotions. Oh ! ne vous affolez pas.

Elle avait vu l'inquiétude se dessiner sur mon visage.

— Cela n'a rien d'inquiétant, au contraire. Il a noté certaines choses. Il nous a écrit un récit de la mort de Rory, qui est très touchant et qui révèle une étonnante maturité. Aimeriez-vous le voir ?

— Oui, beaucoup.

Elle m'a tendu un cahier rouge.

— Voici son cahier de brouillon. Il n'a pas encore mis ça au propre. Je vous ai glissé une marque à la bonne page.

J'ai ouvert le cahier et lu le titre : « Le jour où mon

frère s'est noyé. » Il avait employé sa plus belle écriture, avec des lettres soignées et attachées les unes aux autres. Je l'imaginais penché sur sa page, la lèvre inférieure coincée entre les dents et les sourcils froncés. J'ai regardé la première ligne, mais les mots sont devenus flous.

— Je ne crois pas pouvoir lire ça tout de suite. Désolée. Est-ce que je peux l'emporter ? Max vous le rapportera demain matin.

— Bien sûr, a dit Mrs Laskey.

J'ai terminé mon café froid et me suis levée. De nouveau, j'ai lissé ma jupe en leur adressant un sourire.

— Merci. Tout va s'arranger. Je vais lui parler. Ce n'est encore qu'un enfant, et il ne comprend pas ce qui se passe dans sa tête. Mais c'est un gentil garçon, je vous assure. Ce n'est pas du tout son genre.

— Nous en sommes convaincues.

Leurs regards étaient pleins de compassion.

— Prévenez-moi s'il recommence.

— Nous n'y manquerons pas.

— Mais ne me transmettez pas seulement les mauvaises nouvelles. Transmettez-moi aussi les bonnes.

Sur le chemin du retour, les feuilles mortes voletaient autour de ma voiture. J'avais une légère migraine et la gorge irritée. C'était comme si j'étais debout depuis une éternité, alors qu'il n'était même pas 10 heures du matin. J'ai fait chauffer de l'eau en arrivant pour me préparer du thé, puis je me suis assise à la table de la cuisine avec le cahier de brouillon fermé devant moi. Je le connaissais parfaitement, car Max l'avait emporté au cours de l'été pour faire un devoir de vacances. Il s'agissait d'écrire l'histoire d'une éclipse qui devient définitive. Nous avions longuement discuté de ce qui se passerait si la Lune se plaçait devant le Soleil et n'en bougeait plus, plongeant par là même notre planète dans une obscurité glaciale. Max avait noirci des pages et des pages sur le sujet, en nous lisant au fur et à mesure les différents épisodes, et en se rengorgeant de ses trouvailles poétiques. Il qualifiait la Lune de « fantôme argenté » et les ténèbres de « couverture épaisse ».

Ces souvenirs m'arrachèrent un sourire. Enfin j'ouvris le cahier à la page indiquée et lus le texte une première fois, puis une seconde.

Le jour où mon frère s'est noyé, par Max Traynor

Nous étions partis pour les grandes vacances, moi, maman, papa et mon petit frère Rory. C'était presque le mois de septembre, mais il faisait encore très chaud, et ce n'était pas grave parce que la villa avait une piscine, si bien que quand on crevait de chaleur on n'avait qu'à sauter dans l'eau. Un jour, j'ai compté qu'on s'est baignés seize fois ! Je suis bon en natation, j'ai appris quand j'avais trois ans et demi, je peux faire toutes les nages, même un peu le papillon, alors que maman dit toujours qu'elle est fatiguée rien que d'y penser. Mais Rory ne savait pas nager, et c'est pour ça que cette histoire se termine très mal. Un jour, quand personne ne le surveillait vraiment, Rory est sorti. Il lui arrivait toujours ce genre d'ennuis. Papa dit que c'est un galopin. Maman le traite de garnement et passe son temps à lui courir derrière, parfois en riant, parfois en le grondant, mais cette fois-ci elle ne lui a pas couru derrière. Il est allé à la piscine, il a trébuché, et il est tombé dans l'eau. Personne n'a rien entendu, personne n'a rien vu. Comme c'était du côté le plus profond, il n'a pas pu ressortir et il s'est noyé. Maman et papa disent qu'ils n'ont plus que moi maintenant, si bien que pour eux je suis encore plus précieux qu'avant. Maman m'embrasse tout le temps et me répète qu'elle est fière de moi. Elle passe beaucoup de temps avec moi main-

tenant. J'essaye d'être courageux et de les consoler. Ça fait bizarre d'être à nouveau un fils unique, et la maison est drôlement calme sans lui. Je finirai par m'y habituer à la longue, mais je n'oublierai jamais qu'autrefois j'avais un petit frère qui s'appelait Rory, qu'il s'est noyé, et qu'il ne reviendra plus jamais à la maison.

Voilà. J'ai refermé le cahier et bu ma tasse de thé. Mes sinus étaient très douloureux, et j'avais comme du gravier dans la gorge. J'ai porté la main à mon front en abaissant mes paupières sur mes yeux irrités. J'avais dû attraper un rhume.

9

Quand la lumière vient de s'éteindre, que votre mari et vous-même êtes en train de sombrer dans le sommeil, et que votre cerveau s'engourdit, il vous arrive de dire ou d'entendre certaines choses dont vous vous demanderez le lendemain matin si oui ou non vous les avez rêvées.

— Je voudrais emmener Max avec moi, ai-je murmuré.

— Quoi ?

— Il est très malheureux. Nous pourrions partir en vacances.

Rick a changé de position, et j'ai cligné des yeux lorsque soudain la lampe s'est allumée.

— Je pense que nous avons déjà pris assez de vacances.

— Max a besoin d'aide.

— Il a besoin d'aller à l'école.

J'ai dû faire un effort de concentration. Je n'avais pas du tout envisagé d'avoir une discussion sérieuse.

— Ne t'inquiète pas. Je vais en parler avec Mrs Laskey, et je suis sûre qu'elle me donnera son accord. Elle me sera sans doute reconnaissante de la débarrasser de Max pendant quelques jours.

Rick n'a pas répondu. Après m'avoir dévisagée pendant quelques instants, il s'est retourné et a éteint la lumière.

— On en reparlera demain.

Mais nous n'en avons pas reparlé le lendemain. Au réveil, Max a prétendu qu'il était malade, sans pouvoir préciser davantage. Je lui ai tâté le front, je lui ai posé quelques questions et lui ai apporté son petit déjeuner au lit, pas très convaincue. Rick a traversé la cuisine, comme une rame qui passe dans une station de métro sans s'arrêter. Il était déjà sur le seuil de la maison quand il s'est retourné vers moi.

— J'ai repensé à ce que tu m'as dit hier soir. À propos de Max et d'éventuelles vacances.

— Oh ! je…

— Je comprends ton point de vue. Nous avons tous besoin d'aide. C'est la raison pour laquelle j'ai appelé ma mère et lui ai demandé de venir passer quelque temps ici.

— Comment ça ?

— Et elle a accepté.

— Quand lui as-tu téléphoné ?

— À l'instant.

— Mais tu ne m'as pas prévenue.

— Maintenant je te préviens.

J'en suis restée sans voix. C'était comme si j'avais pris un grand coup sur la tête et un autre dans le ventre. Je ne savais même plus par où commencer. Je l'ai retenu par la manche de son veston alors qu'il s'apprêtait à sortir, incapable de décider si je devais le frapper, hurler ou essayer de discuter.

— Pourquoi ne m'as-tu pas prévenue ?

— J'ai préféré te réserver la surprise. Je pensais que ça te ferait plaisir. Que ça te soulagerait un peu.

J'ai secoué la tête.

— Je ne sais pas de quoi tu parles. Je n'ai pas besoin d'être soulagée. Je voulais agir pour le bien de notre fils.

Les traits de Rick se sont durcis, et sa mâchoire s'est crispée.

— Un mariage, ça fonctionne à deux. Moi aussi je ne veux que son bien.

Figés sur le pas de la porte, nous nous sommes toisés du regard. Comme des chiens de faïence. Comme deux images qui se seraient indéfiniment reflétées dans des miroirs placés en vis-à-vis. Je me demandais à quoi il pensait. Je me demandais s'il se demandait à quoi je pensais.

— Tu aurais dû m'en parler avant, ai-je murmuré.

— Je voulais te faire une bonne surprise.

Mais il n'avait vraiment pas le ton de quelqu'un qui vous réserve une bonne surprise.

— Et qu'est-ce que tu penses de mon idée d'emmener Max en vacances ? Je croyais que nous devions en discuter.

Rick a méthodiquement détaché ma main de sa manche.

— Je ne veux pas que tu emmènes Max avec toi. Je veux que nous restions tous les deux avec lui.

— Mais il ne s'agit pas de nous, ai-je répliqué. Nous devons choisir la meilleure solution pour lui.

— C'est aussi mon seul et unique objectif.

Je sais que la plupart des femmes ont une dent contre leur belle-mère. Mais Janet ne m'a jamais inspiré ce type de réaction. Lorsque j'ai épousé Rick, Derek et elle nous ont donné quinze mille livres pour nous aider à acheter notre premier logement — une somme énorme pour nous et loin d'être négligeable pour eux. Le problème, aux yeux d'une mère, c'est qu'aucune fille n'est assez bien pour son fils adoré. Janet partageait sans doute ce point de vue, de même que son mari. Dans les premiers temps, il leur arrivait de parler d'anciennes petites amies de Rick avec une pointe de nostalgie, et je me serais volontiers passée de ce genre de commentaires. Et puis, peu à peu, nos rapports s'étaient réchauffés, et nous allions les voir dans leur maison du Norfolk à Noël et plusieurs week-ends par an.

Janet était une excellente cuisinière et une maîtresse de maison très traditionnelle, mais quand elle venait passer quelques jours chez nous, elle s'abstenait de critiquer ma façon de plier les torchons ou de ranger les boîtes de conserve à la place des paquets de farine.

Ils avaient été formidables après la mort de Rory. La première fois que je les avais revus, le matin même de notre retour, je me suis dit que par-dessus le marché j'allais devoir supporter leur réprobation muette, comme si j'avais cassé quelque chose qui leur appartenait. Eh bien, pas du tout. Ils s'étaient chargés des tâches matérielles, des coups de téléphone, des démarches administratives, afin de nous protéger. Ils m'avaient beaucoup mieux soutenue que mes propres parents.

Je n'avais donc aucune objection à cette visite. Je trouvais juste tout ça un peu bizarre. Rick et moi avions eu notre discussion vers minuit. Le lendemain matin au réveil, il lui avait téléphoné sans me prévenir. Puis Janet avait dû courir jusqu'à la gare et sauter dans le premier train, car Rick m'a appelé de son bureau pour me donner son heure d'arrivée. Et midi venait de sonner quand je suis allée la chercher à la gare.

Elle m'a embrassée sans dire un mot. Quand on perd un enfant, les gens vous regardent avec la larme à l'œil. Ou bien ils vous demandent comment vous allez, et si vous leur répondez « Très bien », ils insistent pour savoir comment vous allez vraiment. Ou encore ils vous étouffent dans leurs bras afin de vous montrer à quel point ils compatissent à votre malheur.

Janet, elle, n'éprouvait pas le besoin de parler. Notre situation lui paraissait si grave qu'elle ne jugeait pas nécessaire d'expliquer pourquoi elle venait de traverser l'Angleterre de toute urgence.

Une fois dans la voiture, j'ai rompu le silence :

— Vous êtes venue si vite.

— C'était la moindre des choses, Stella.

— Je suis très gênée. Rick ne m'avait pas prévenue. Il ne m'a annoncé votre arrivée qu'après vous avoir téléphoné. Je suis très contente de vous voir, évidemment. Mais… j'ignore ce qu'il a bien pu vous raconter.

— Je veux seulement vous aider, a-t-elle dit en posant la main sur mon bras. Derek et moi ferons tout ce qui est en notre pouvoir.

J'avais envie de lui répondre qu'elle était incapable de m'apporter le genre de soutien dont j'avais besoin. Ma maison était impeccable. Tout était bien rangé. À présent, je n'avais plus à m'occuper que d'un seul enfant. Je n'avais pas besoin de compagnie, bien au contraire. Je ne désirais qu'un peu de solitude. La seule compagnie qui me semblait supportable, c'était la mienne. Et j'allais en être privée désormais.

Il n'y a pas eu de problème au début. Elle a monté son sac de voyage dans la chambre d'amis, puis arrangé deux ou trois petites choses dans la maison — ce qui me semblait tout à fait superflu après les journées de grand nettoyage et de rangement que je venais de lui consacrer. Mais dès que je me suis préparée à aller chercher Max, elle m'a suivie comme mon ombre. J'ai eu beau lui dire que j'en avais pour deux minutes, elle a insisté pour m'accompagner. Même chose quand je lui ai dit que Max et moi ferions une petite promenade sur le chemin du retour. Comment aurais-pu m'y opposer ? La réaction de Max a été très émouvante : il est resté bouche bée en l'apercevant à la sortie de l'école, et il s'est précipité vers elle les bras grands ouverts.

Janet a passé toute la fin de la journée avec lui. Ils ont joué aux cartes et aux dames, elle l'a aidé à faire ses devoirs et lui a lu un livre, puis elle s'est assise au bord de son lit pour bavarder avec lui. J'en étais presque honteuse : voilà comment devait se dérouler une soirée en famille. Une fois Max endormi, elle a sorti un ridicule nécessaire de couture. Je lui ai dit de ne pas s'embêter avec ça : je n'avais jamais reprisé une chaussette de ma vie, et je me contentais d'en racheter quand elles étaient usées. Elle m'a répondu que cela la détendait. Quand je lui ai proposé de descendre boire un verre, elle m'a dit qu'elle me suivait, mais elle a continué à coudre pendant près d'une heure dans la chambre de Max, malgré la quasi-obscurité. Elle me faisait penser à ces femmes qui ont vécu l'expérience de la mort subite du nourrisson, et qui passent ensuite leurs nuits à écouter la respiration de leurs autres enfants.

Le lendemain matin, Max était malade pour de bon. Un sifflement étrange résonnait dans sa poitrine chaque fois qu'il toussait, et il avait le visage tout rouge. Pas question donc de l'envoyer à l'école.

— J'ai bien fait de venir, finalement, a dit Janet.

— On croirait que vous aviez tout prévu.

En entendant ma remarque, Janet et Rick ont échangé un regard. Une boule s'est formée dans ma gorge : ne vous interposez jamais entre une mère et son fils, car vous risquez à tout moment de prononcer sans le savoir une parole malheureuse.

Rick s'inquiétait beaucoup pour Max, mais nous l'avons rassuré toutes les deux, et il est parti au bureau à l'heure habituelle. À peine la porte s'était-elle refermée que Janet m'a bombardée de questions avec une évidente anxiété. Qu'est-ce que Max avait mangé ? Depuis combien de temps se plaignait-il ? Un médecin l'avait-il examiné ? J'ai failli lui répondre d'arrêter ses simagrées, mais après tout elle venait de perdre un petit-fils. Et moi je venais de perdre un fils. Malgré mon épuisement, je me suis efforcée de répondre patiemment à toutes ses questions. Sans condescendance ni brutalité, je lui ai expliqué que Max avait juste un peu de fièvre et que tout allait rapidement s'arranger. Elle m'a répondu avec le sourire qu'elle allait lui préparer un chocolat chaud et passer toute la journée à son chevet. Je pouvais donc en profiter pour disposer librement de mon temps.

Je me suis sentie frustrée. Je n'avais rien de spécial à faire. J'avais consacré les semaines précédentes à accomplir des tâches nécessaires et d'autres parfaitement utiles. Cela m'aurait beaucoup plu de passer la journée au chevet de Max, de lui faire la lecture, de bouquiner de mon côté, de lui tamponner le front de temps à autre avec un gant de toilette imbibé d'eau froide. J'étais dans la situation de l'ours qui descend hiberner dans sa grotte et qui trouve un de ses congénères confortablement installé à sa place.

Les comédiens prétendent que le théâtre est le plus efficace des médecins. Selon eux, même avec une jambe cassée, vous pouvez trouver la force de vous relever pour assurer la représentation. Dans le cas de Max, le fait de rester à la maison produisait des effets encore plus spectaculaires. Il pouvait être malade comme un chien, il lui suffisait de traîner une ou deux heures dans sa chambre pour être totalement guéri. À 11 heures du matin, il était déjà en train de faire le poirier sur son lit. Puis il est descendu au rez-de-chaussée avec l'estomac dans les talons, prêt à faire n'importe quoi pour tromper son ennui.

Je lui ai touché le front. Plus la moindre trace de fièvre. Le regard vif. Quand je l'ai surpris avec une balle de tennis dans l'entrée, je lui ai dit qu'il me paraissait suffisamment en forme pour repartir à l'école, mais il a eu l'air si triste que je suis aussitôt revenue sur ma décision.

— Enfin, tu vas mieux ?

— Non, pas vraiment.

— Que dirais-tu d'une petite promenade ? On pourrait emporter un peu de pain à donner aux canards. Tu t'en sens capable ?

Il m'a examinée avec méfiance. Était-ce une ruse pour l'obliger à avouer qu'il se sentait mieux ? Après un temps de réflexion, un grand sourire s'est dessiné sur son visage et il est remonté s'habiller en courant. Quand il est redescendu, Janet l'a suivi.

— Que se passe-t-il ? a-t-elle demandé.

— Je vais emmener Max prendre l'air.

— Je croyais qu'il était malade.

— Ça va mieux. Nous ne serons pas longtemps partis. Nous allons juste nous promener le long de la rivière.

Son regard s'est durci. Elle n'allait tout de même pas essayer de discuter ?

— Je vous accompagne.

Je n'en croyais pas mes oreilles. Elle ne pouvait donc pas nous laisser en paix une seule seconde ?

— Non, Janet. Reposez-vous. Nous sortons un petit moment, et en rentrant je vous préparerai une tasse de thé.

— Je tiens à vous accompagner.

Et elle a commencé à enfiler son manteau.

C'était totalement ridicule. Comme je ne voulais pas me disputer avec elle en présence de mon fils malade, j'ai maîtrisé ma colère et répliqué à voix basse :

— C'est très gentil de votre part, Janet, mais j'aimerais être un peu seule avec Max.

Aussi incroyable que cela puisse paraître, elle a continué à enrouler son écharpe autour de son cou.

— Je me suis engagée à m'occuper de Max, a-t-elle répliqué, et c'est ce que j'ai l'intention de faire.

— Même si je refuse ?

Elle m'a regardée droit dans les yeux.

— Je l'ai promis à Rick.

— Ça m'est égal. Je veux aller me promener toute seule avec Max.

— Je l'ai promis à Rick.

Un silence lourd de menaces s'est établi. C'était comme si on m'avait brûlée au fer rouge. L'idée était inconcevable, indicible. Pourtant j'ai demandé :

— Janet, vous me surveillez ?

Je m'attendais qu'elle proteste, qu'elle se confonde en dénégations ou qu'elle éclate de rire, mais elle n'a pas répliqué.

— Très bien, ai-je dit, je vais appeler Rick.

10

Janet est remontée à l'étage. Après quelques secondes d'hésitation, Max s'est éclipsé dans le séjour, où il s'est mis à envoyer sa balle contre les murs et contre les meubles. Quant à moi, je suis restée dans la cuisine. J'entendais les pas de Janet résonner au-dessus de ma tête, la porte de son placard s'ouvrir puis se refermer, et la balle de Max rebondir sans cesse dans la pièce voisine. Des bruits affreusement énervants. J'avais l'impression que mon cerveau allait exploser. Incapable de tenir en place plus longtemps, je me suis levée en faisant crisser les pieds de ma chaise sur le carrelage. Je suis allée jeter un coup d'œil par la fenêtre, avant de me rasseoir. J'ai essayé de lire le journal, mais je n'arrivais plus à comprendre le sens des phrases.

J'ai attrapé une cuiller et contemplé mon reflet déformé sur le métal, puis je l'ai éloignée jusqu'à ce que mon visage grimaçant se retrouve à l'envers. J'ai reposé la cuiller, j'ai enfoui mon visage dans mes mains, et quand j'ai relevé la tête, Rick se tenait sur le pas de la porte. Nos regards se sont croisés. Pendant un bon moment, nous sommes restés figés dans un mutisme complet. Puis un bruit venant du premier étage m'a fait tressaillir, et je me suis levée.

— On va marcher un peu ?

— Si tu veux.

— Je préviens Max, et toi tu montes parler à ta mère. Elle est dans sa chambre.

— D'accord.

Max a arrêté de dribbler sa balle de tennis quand je suis entrée dans la pièce.

— Pourquoi tu es fâchée avec mamie ?

— Je ne suis pas fâchée. Ce n'est qu'un malentendu.

— On va se promener alors ?

— Pas tout de suite. Plus tard. Tu m'attends sagement ici. Je reviens dans une minute.

— Mais où…

— Je reviens dans un petit moment.

Je suis retournée dans la cuisine pour prendre ma veste sur le dossier de la chaise. Rick m'a tenu la porte ouverte sans dire un mot, et je suis sortie la première de la maison. Je sentais son regard braqué sur ma nuque. Je me suis dirigée instinctivement vers le bois, et il m'a emboîté le pas. J'ai attendu de me trouver au milieu des arbres, loin de la rumeur des voitures, pour me retourner vers lui.

— Je ne comprends pas.

Soudain, je me suis rendu compte que j'étais terrorisée. Ce que nous allions nous dire prendrait un caractère définitif. Une fois prononcés, les mots ne peuvent plus s'effacer. On peut essayer de les noyer dans un flot de paroles, ou bien dans le silence, mais ils demeurent à jamais présents, avec leur lot de conséquences imprévisibles. J'ai repris, d'une voix mieux assurée :

— Je ne comprends pas.

— Vraiment ?

Rick se tenait au milieu du sentier, tout près de moi. Il portait son costume bleu foncé, ses chaussures neuves étaient maculées de boue, et des feuilles mortes s'étaient accrochées dans ses cheveux. Il avait lui aussi du mal à s'exprimer. Sa voix était pâteuse et d'une douceur inhabituelle.

— Janet m'a dit… ai-je commencé.

— Oui ?

— D'après elle, tu estimes que… que je ne dois pas rester seule avec Max, parce que… parce que…

Les mots restaient coincés en travers de ma gorge.

— Je me trompe peut-être, mais j'ai cru comprendre que si elle est venue habiter chez nous, c'est pour protéger Max… pour s'assurer qu'il ne soit jamais seul avec moi.

— Oui. Je lui ai demandé de m'aider. Je ne voyais pas d'autre solution.

— Tu as donc peur que je lui fasse du mal ?

Rick n'a pas répondu. Il m'a observée un moment, avant de froncer les sourcils, comme si un souvenir lui revenait en mémoire.

— Cela signifie donc que tu crois que… que j'ai… quelque chose à voir avec la mort de Rory.

J'ai repris mon souffle avec une telle violence que j'en ai eu mal aux poumons.

— Je ne sais pas. Je ne sais plus trop quoi penser.

— Quel bel après-midi !

Nous nous sommes retournés tous les deux vers un homme qui marchait à grands pas dans notre direction, avec un petit basset au bout d'une laisse.

— Un temps magnifique, n'est-ce pas ?

Son sourire radieux s'est figé, et il s'est empressé de continuer son chemin.

— Allons, viens, Tarka !

Dès qu'il a disparu derrière les arbres, Rick a répété :

— Je ne sais plus quoi penser.

— Comment peux-tu imaginer une chose pareille ?

J'avais la bouche toute sèche, mais j'étais incapable de déglutir.

— Stella, je…

— Dis-moi ce qui t'a mis cette idée en tête ?

— Je repense sans cesse au moment où je t'ai trouvée avec lui.

— Avec Rory ?

— Oui. Tu avais l'air si tranquille. Presque…

— Vas-y, dis-le.

— Presque soulagée. Et quand tu as levé les yeux vers moi, tu as paru contrariée. Comme si je t'avais dérangée.

— Continue.

— Je ne peux pas m'empêcher d'y penser. Je suis hantée par cette image. Je revois sans cesse cette expression sur ton visage. Tu n'as pas perdu ton calme une seule seconde.

— Vraiment ?

— Ce n'était pas normal.

À présent il était lancé. Il parlait de plus en plus fort, et sa voix trahissait le dégoût qu'il éprouvait. Je ne l'avais jamais entendu s'exprimer sur ce ton.

— Tu as aussitôt fait le ménage en grand dans sa chambre, sans sourciller. Bon Dieu, quel manque de sensibilité ! Tu n'as pas versé une seule larme. Je ne t'ai jamais vue pleurer, ni même en manifester l'envie. Je t'ai observée. Tu bavardais avec les gens. Tu souriais, tu riais, tu mangeais de bon appétit, tu dormais comme un loir. Sa propre mère, bon Dieu ! Et tu n'avais pas l'air affectée le moins du monde.

— Tu as terminé ? Tu te fondes uniquement sur les apparences ?

— Non, ce n'est pas tout. Rory avait peur de l'eau.

— Oui, c'est exact.

Une vraie petite terreur, avec les poings serrés et une voix de stentor, qui avait peur de l'eau, des cauchemars et de rester tout seul. Un vague sourire s'est dessiné sur mes lèvres.

— Dis quelque chose !

— Qu'est-ce que tu veux que je te dise ?

— Bon Dieu, Stella ! Tu m'as écouté ?

— Oh oui !

— Alors réponds-moi, bordel !

— Ça me fait penser à ces films policiers.

— Quoi ?

— Tu sais, quand deux types se tiennent en joue avec des pistolets chargés. Nous sommes exactement dans la même situation.

— Tu es folle ? Qu'est-ce que tu racontes ?

— Que va-t-il se passer à ton avis ? Lequel d'entre nous va tirer le premier ? À moins que nous ne nous abattions simultanément. Ou que nous ne déposions tous les deux nos armes.

— Stella !

— Ce serait presque risible. Tu es persuadé que j'ai tué Rory. Et moi je crois…

— Quoi ? Qu'est-ce que tu crois ?

— Sais-tu pourquoi ta psy a interrompu vos séances ?

— Non. Qu'est-ce que ça vient faire là-dedans ?

— Elle m'a rendu visite, et elle m'a annoncé qu'elle ne voulait plus te voir avant même de t'en informer. Elle semblait convaincue que tu portais en toi un secret honteux.

— Un secret honteux ?

— En rapport avec Rory, bien sûr.

— Ah…

Il s'est passé la main sur la figure.

— Elle m'a laissé entendre que tu avais peut-être une responsabilité dans sa mort.

— Mais ce n'est pas de *moi* que je lui parlais.

— En tout cas, c'est ce qu'elle est venue m'expliquer.

Tu comprends pourquoi je comparais notre cas à celui des deux types qui se menacent avec des pistolets ?

— Est-ce que…

Pâle comme un linge, Rick n'a pas achevé sa phrase.

— Est-ce que je l'ai crue ? Je suis ta femme, Rick. Je te connais et je t'aime depuis quinze ans, alors qu'elle était pour moi une parfaite inconnue. J'ai le sens des proportions… Qu'est-ce que tu t'imagines ? Je l'ai giflée pour avoir osé me sortir une pareille ineptie.

— Ah…

Il a vacillé sur ses jambes et s'est assis sur un vieux tronc de bouleau pourrissant et couvert de champignons qui gisait au bord du sentier. Les bras croisés, il a commencé à se balancer. J'ai eu pitié de lui.

— Mais quand je me suis retrouvée toute seule, évidemment, je n'ai pas pu m'empêcher d'y repenser.

— Et alors ?

— Alors je ne sais pas. Tout est possible.

Rick s'est relevé, et sans un mot nous nous sommes remis en marche. C'était lui désormais qui me précédait sur l'étroit chemin. Le bouleau avait laissé des taches vertes sur son costume, ses épaules voûtées semblaient ployer sous le désespoir, et ses cheveux auraient eu besoin d'une bonne coupe. Je n'étais pas certaine que nous nous retouchions un jour, que ce soit pour nous réconforter ou pour nous donner du plaisir. Nous avons fait une nouvelle pause en arrivant à la mare.

— Stella ?

— Oui.

— Qu'est-ce que tu en penses à présent ?

J'ai hésité un instant.

— Je ne suis toujours sûre de rien. Et toi non plus. Quand on commence à douter de quelqu'un…

— Dans ce cas, s'est-il écrié, comment peux-tu supporter ma présence ? Si tu me crois capable d'un tel acte, comment peux-tu me regarder sans avoir envie de vomir ?

Avec son menton crispé, il ressemblait à un petit garçon furieux, au bord des larmes.

— Et *toi*, comment fais-tu ?

— Je n'y arrive pas, justement. Je ne supporte pas de me coucher dans le même lit que toi, de m'asseoir sur le même canapé ou de manger à la même table. J'éprouve une sorte de nausée, et en même temps je sais que je suis peut-être en train de commettre une erreur impardonnable. Alors je me force… Et puis il y a Max.

— Oui.

— Il est possible que tu aies fait preuve d'héroïsme en t'efforçant de tenir le coup dans son intérêt.

J'ai haussé les épaules.

— Tu ne connaîtras peut-être jamais la vérité.

— Si tu es coupable, je pourrais te tuer de mes propres mains.

— Ne t'inquiète pas, ai-je rétorqué, s'il n'y avait pas Max, je pourrais m'en charger moi-même.

La stupéfaction s'est peinte sur son visage.

— Oh ! ce ne sont pas des aveux, Rick. Tu vois comme les paroles peuvent trahir notre pensée ?

— Donc, nous nous soupçonnons mutuellement… Mon Dieu, je ne peux pas croire que l'un d'entre nous soit responsable.

— Pourtant, l'un d'entre nous peut très bien mentir.

— Qu'est-ce qu'on fait maintenant, Stella ?

— Évidemment, l'hypothèse de l'accident est toujours plausible.

Il s'est penché pour ramasser une branche et l'a contemplée avec attention, comme s'il s'était agi d'un objet vénérable et précieux.

— Nous devons penser à Max, ai-je dit.

— Nom d'un chien, qu'est-ce qu'il nous arrive ?

— Il se peut que son comportement à l'école soit

autant dû à notre attitude qu'à la mort de Rory. Les enfants devinent ce genre de choses. Depuis quelque temps, j'ai l'impression qu'il nous observe.

— Stella, nous ne pouvons pas continuer comme ça.

— Tu as une autre solution ? Tu veux me quitter ? T'enfuir avec Max ? Appeler la police ?

Il regardait dans le vide d'un œil vitreux, comme si j'avais été transparente.

— Je vis un putain de cauchemar !

— Rick, nous vivons un cauchemar depuis que Rory est tombé dans l'eau. Le mot « tomber » te convient ? Et ce cauchemar ne finira jamais.

— Tu m'effraies.

— Allons, rentrons à la maison. Ta mère doit se demander où nous sommes passés. Elle va reprendre le train tout à l'heure, d'accord ?

Il m'a saisie par les épaules et m'a enfin regardée droit dans les yeux.

— C'est ça que tu veux ? Maintenant je sais ce que tu pensais de moi. Et malgré cela tu veux rentrer à la maison ? Pourquoi ?

— Pour Max.

Rick a traité son fils avec beaucoup de douceur ce soir-là, et moi de même. Nous étions hésitants, maladroits, sur nos gardes ; nous nous surveillions en permanence et tournions sept fois notre langue dans la bouche avant de prononcer le moindre mot. N'importe quelle vétille pouvait receler un piège : un timbre de voix, un geste, un froncement de sourcils. Nous avons bavardé avec Max et échangé quelques propos en sa présence. Rick lui a fait la lecture, puis j'ai éteint la lumière et me suis assise sur son lit pour l'embrasser sur le front et redresser sa couette qui n'en avait nullement besoin. J'ai également vérifié si ses rideaux étaient bien tirés pour qu'il ne soit pas réveillé par le jour le lendemain matin.

Quand nous sommes redescendus au rez-de-chaussée, je me suis tournée vers Rick :

— Je voudrais te montrer quelque chose.

J'ai ouvert le cartable de Max pour y prendre son cahier de brouillon. Je l'ai ouvert à la bonne page et l'ai donné à Rick. Tandis qu'il lisait le récit debout dans l'entrée, j'ai vu son visage se décomposer. Une fois sa lecture achevée, il a remis le cahier dans le cartable.

Il a essayé de me dire quelque chose, mais les mots lui sont restés en travers de la gorge. Des larmes ont ruisselé sur ses joues, qu'il a essuyées avec le revers de sa manche. Je ne me suis pas approchée, je ne l'ai pas serré dans mes bras pour tenter de le consoler. Je me suis contentée de lui tendre un mouchoir en papier. Il s'est tamponné les yeux et s'est mouché, puis son poing s'est refermé sur le mouchoir mouillé. Ses larmes continuaient à couler, intarissables. Il pleurait en silence — un silence que je n'ai pas jugé utile de rompre car je n'avais rien à lui dire. Absolument rien.

11

Au cours des semaines suivantes, Rick a continué à aller au bureau. Mais il rentrait souvent plus tôt afin de passer davantage de temps avec Max, et de s'occuper un peu de son travail scolaire et de ses leçons de musique. Il s'est mis également à rapporter des maquettes d'avions pour les monter avec lui. Une odeur de colle et de peinture régnait dans la maison, et Max avait en permanence les doigts poisseux. Le samedi, ils jouaient tous les deux au football. Rick a également voulu lui faire la lecture à l'heure du coucher. Cela ne m'enchantait guère, car c'était le moment de la journée que je préférais, mais je n'ai pas protesté.

J'ai commencé à étudier sérieusement les petites annonces afin de trouver un poste d'enseignante dans les environs. J'ai même posé ma candidature dans une école située à une vingtaine de kilomètres de notre domicile, avec l'espoir d'obtenir une réponse. Entre-temps, je me suis portée volontaire à titre bénévole pour faire du soutien scolaire deux matinées par semaine dans les petites classes de l'établissement de Max. Je l'apercevais de temps en temps, mais je gardais mes distances. L'école est un univers à part.

Les températures se sont rafraîchies, et nous avons dû allumer le chauffage le matin et le soir. Nous suivions un emploi du temps aussi précis qu'un métronome : réveil à heure fixe, départ de la maison, dîner, coucher. Dans deux mois ce serait Noël. Puis le printemps. Et nous finirions bien par atteindre l'été, Max, Rick et moi. Viendrait alors un anniversaire que nous ne célébrerions pas ensemble, mais auquel chacun penserait à sa manière.

Et puis un soir, alors que Max était déjà endormi, Rick m'a rejointe dans le séjour. J'étais en train de lire un livre : non pas un roman, car j'étais incapable de m'intéresser à la fiction et à la poésie, mais une histoire de la navigation maritime bourrée de cartes, de faits, de dates, de schémas et de graphiques qui d'une certaine façon me rassuraient.

— Je voudrais te montrer quelque chose.

Le ton de sa voix et l'expression de son visage étaient tels que je me suis levée aussitôt.

— Max a eu une mention spéciale pour son histoire d'éclipse. Il a dû la recopier ce soir sur une feuille à part, afin qu'elle soit affichée sur un panneau et que toute l'école puisse la lire.

— C'est formidable, ai-je dit. Pourquoi…

— Attends une seconde.

Il a ouvert le cahier et l'a feuilleté pour retrouver le texte en question. Il faisait plusieurs pages de long et était constellé de taches d'encre et de ratures.

— Et alors ?

— Maintenant, regarde.

Il s'est léché l'index pour revenir quelques pages en arrière, jusqu'au récit beaucoup plus bref de la mort de Rory, que nous connaissions déjà tous les deux.

— Je ne comprends pas où tu…

Et soudain j'ai compris. Une boule de feu s'est formée derrière mes yeux et m'a réduit le corps en bouillie.

— Stella.

— Je voudrais que ce soit moi la coupable ! C'est moi, Rick. C'est moi.

— Stella, a-t-il répété, les traits tirés, les lèvres crispées.

— Je t'assure que c'est moi. C'est moi. C'est moi.

— Écoute.

— C'est moi. Moi, moi, moi, et personne d'autre.

Il m'a attrapée par le bras.

— Arrête !

— Oh, mes pauvres petits chéris ! Mes pauvres petits garçons adorés ! Mes petits trésors !

Sa main m'a broyé le bras.

— Tais-toi, Stella ! Maintenant tu vas m'écouter.

— D'accord. Excuse-moi. Oh, mon Dieu !

J'ai mis les mains sur mes yeux, comme pour chasser l'image atroce qui était en train de se graver à jamais dans mon cerveau.

— Max a raconté la mort de Rory avant qu'il ne se noie.

— Oui.

— C'est donc lui qui l'a poussé, non ?

— C'était un accident, Rick. Un accident.

— Stella, il a tout noté par écrit avant que le drame se produise.

— Nous savons très bien qu'il était souvent jaloux, envieux. Il a pensé à commettre ce geste, et il l'a commis. Mais c'était un accident. Je connais mon fils. Je le connais au fond de mon cœur, Rick. Il n'a pas pu agir délibérément, de sang-froid. Non, je t'assure que c'est impossible. Tu me crois, hein ? Il a dû le pousser de manière impulsive, et ensuite il était trop tard. Et maintenant il va devoir vivre avec ça pour le restant de ses jours. Oh, mon Dieu !

— Nous devons lui parler.

— D'accord. Demain. Nous lui parlerons demain.

Non, c'est moi qui vais lui parler. Un petit garçon ne peut pas affronter deux adultes à la fois. Je ne le mettrai pas à l'école demain, et je lui parlerai.

Il m'a enlacée.

— Allons nous asseoir, Stella.

Nous sommes allés dans la cuisine avec une démarche de vieillards. Rick a rempli deux verres de whisky et en a posé un devant moi. Je l'ai avalé cul sec, sans pratiquement rien sentir.

— Ce n'est qu'un enfant. Il n'a que dix ans.

— Je dois y réfléchir, a répondu Rick en se massant les tempes.

— Non ! Ce n'est qu'un enfant. C'est notre petit garçon, Rick, notre fils unique.

— Je sais.

— Il n'est pas responsable de ses actes comme le serait un adulte. Je t'interdis de penser à lui comme à un coupable. Je te l'interdis !

— Je sais, Stella, je sais.

Il a rempli les deux verres, que nous avons vidés en silence. Je me sentais à moitié écœurée, mais cela n'avait aucune importance. Au premier étage, Max dormait profondément. Je n'avais pas besoin de monter pour savoir qu'il avait les bras tendus au-dessus de la tête, des mèches folles sur le front, et que ses lèvres s'entrouvraient imperceptiblement à chaque expiration. L'innocence incarnée.

— Stella ?

— Oui.

— Je suis désolé.

— Moi aussi.

— Tu as davantage d'excuses que moi.

— C'est pareil.

Nous sommes restés assis à la table pendant des heures. Sans beaucoup parler, car il n'y avait rien à ajouter. Les mots étaient comme de petits cailloux rebondissant sur une gigantesque falaise. Nous avons bu pas mal de whisky. Cela m'a rendue malade, et j'ai dû aller vomir. Rick m'a accompagnée dans la salle de bains et m'a tenu le front pendant que la bile brûlante me remontait dans la gorge et coulait dans la cuvette des toilettes. Ensuite, il m'a débarbouillée avec un gant bien chaud et m'a tendu un verre d'eau. Puis il m'a aidée à me déshabiller et à me coucher.

Allongés côte à côte, nous ne nous sommes pas touchés. Dès que j'ai fermé les yeux, la chambre s'est mise à tournoyer autour de moi, et deux visages me sont apparus. Max et Rory. Rory et Max. Mes deux petits bonshommes adorés, enfin réunis dans mon cœur.

— J'ai froid.

— Tu n'as qu'à mettre ton blouson et tes gants. Nous allons suivre le chemin qui longe la côte jusqu'au café où nous avons déjà mangé une fois.

— Ça fait des kilomètres. Il va falloir marcher pendant des heures.

— Mais non, ce n'est pas si loin, et c'est tout plat. Et puis il fait beau.

— Comment est-ce qu'on reviendra à la voiture ?

— Papa nous attendra au café. Il nous ramènera après manger. D'accord ?

— Papa ? Il ne travaille pas ?

— Si, mais il faut bien qu'il déjeune.

— Trop bien ! Je vais manquer deux heures de maths !

— C'est une bonne chose ou une mauvaise ?

— Devine, a-t-il dit avec un petit rire. C'est super, évidemment.

Au début, le chemin était très étroit, mais dès qu'il s'est élargi, nous avons pu marcher côte à côte. À nos pieds, le soleil se reflétait sur la mer. C'était une belle journée paisible, et l'on apercevait des bateaux à l'horizon. On aurait dit la vision du bonheur illustrée par un dessin d'enfant. De temps en temps, Max ramassait un caillou et le jetait dans l'eau.

Après avoir marché un bon moment, le café est apparu au loin.

— Max, j'ai une question à te poser. Je te promets de ne pas te punir, mais il faut absolument que tu me dises la vérité. C'est très très important.

— Sur quoi ?

Il m'a regardée du coin de l'œil, et la peur s'est brusquement dessinée sur son visage. Je me suis arrêtée en posant la main sur son épaule pour l'obliger à faire de même.

— Je crois que tu portes en toi un terrible secret et qu'aujourd'hui il est temps de me le révéler.

— Quel secret ?

— As-tu poussé Rory dans la piscine, Max ?

— Maman !

— L'as-tu poussé ?

— Non, a-t-il murmuré. Non, il est tombé. Tu l'as dit toi-même. Tout le monde sait qu'il est tombé.

— Je suis ta mère. Tu peux tout me dire, même ce que tu ne pourrais avouer à personne d'autre. Il faut que je sache.

— Non, a-t-il répété en détournant les yeux.

— Tu as écrit ton histoire avant qu'elle se produise.

— Non.

— Max, tu dois me dire la vérité à présent.

— C'est la vérité, mais tu ne me crois pas. Tu ne me crois jamais.

Il s'efforçait de prendre un air indigné. Je l'ai secoué gentiment par les épaules.

— Tu as raconté la noyade de Rory dans ton cahier avant qu'il ne se noie. Arrête de mentir. Dis-moi ce qui s'est passé. Je te promets qu'ensuite tu te sentiras mieux.

— Tu me détestes, a-t-il chuchoté.

Je l'ai serré contre moi tout en déposant un baiser sur le sommet de son crâne.

— Je t'aime, Max.

Je revoyais le sourire de Rory et ses genoux écorchés. Je l'imaginais en train de se débattre dans la piscine, avec son short et son T-shirt rouge, alors que personne ne venait à son aide. Je me souvenais de son odeur, de son haleine sucrée et un peu végétale, de mes sensations lorsque je prenais son petit corps dans mes bras.

— Je t'aimerai toujours, quoi qu'il arrive. Tu le sais très bien, Max. Mais je veux aussi t'aider. Alors dis-moi, tu as poussé Rory, hein ? C'est *toi* qui l'as poussé ?

— Oui.

Ce n'était qu'un murmure presque inaudible, un léger soupir, mais je l'ai entendu, les yeux clos.

Je ne l'ai pas lâché, je n'ai même pas desserré mon étreinte.

— Merci de m'avoir dit la vérité.

Alors il a fondu en larmes et, d'une voix plaintive, en reniflant, sans terminer ses phrases, il m'a expliqué qu'il ne l'avait pas fait exprès, qu'il s'était enfui à toutes jambes aussitôt après, qu'il ne croyait pas que Rory allait se noyer, qu'il était désolé, désolé, désolé, et qu'il me demandait pardon.

— Est-ce que papa est au courant ? Ne lui dis pas, maman, je t'en prie. S'il te plaît, ne lui dis pas. C'est notre secret, et personne ne doit savoir, d'accord ? Je t'en prie.

— Il est déjà au courant.

— Oh non ! Alors il me déteste ?

— Je ne sais pas exactement ce qu'il en pense, Max, mais il ne te déteste pas. Il vaut mieux que ce soit lui qui te le dise. Regarde.

Je lui ai montré la voiture qui était en train de se garer devant le café.

— Allez, en route.

Max m'a retenue.

— Je ne veux pas. Je ne peux pas.

— Bien sûr que si, tu peux.

— Non, maman. Ne me force pas. Je veux rentrer à la maison. Je suis malade.

— Max, écoute-moi bien, car c'est très important. Nous allons t'aider à t'en sortir, mais il faut que tu y mettes du tien. Allez, on y va.

Je l'ai traîné par la main, malgré ses efforts désespérés pour me ralentir. Les talons de ses baskets s'enfonçaient dans la terre meuble. Debout à côté de sa voiture, Rick observait notre progression. Cela nous a pris un bon bout de temps, mais nous avons fini par le rejoindre. Il y a eu un long silence, et puis Rick lui a tendu la main. Max l'a saisie avec un soupir déchirant. Je leur ai tourné le dos et j'ai vomi dans le fossé.

12

Le second point bleu clair est apparu dans la petite fenêtre, mais cette confirmation n'était pas vraiment nécessaire. J'avais vomi mon petit déjeuner le matin même, et mon déjeuner la veille. Je sentais que mon corps m'écartait délicatement et prenait les choses en main.

Nous avions multiplié les tentatives pendant plus d'un an pour avoir Max. Je me souvenais que lorsque nous avions su que j'étais enceinte, Rick m'avait embrassée et qu'une bouffée d'orgueil m'avait envahie. C'était tellement fantastique de ne plus être qu'une coquille contenant une jolie petite noix toute ronde. Jamais je n'avais éprouvé une joie aussi intense.

Ma seconde grossesse avait été une surprise. Le résultat d'une erreur, mais dès que je m'en étais aperçue, un bonheur identique m'avait envahie. En apprenant la nouvelle, Rick avait eu une seconde d'hésitation, avant de me sourire et de me tendre les bras.

Cette fois-ci, nous avons gardé un secret absolu. Nous chuchotions comme des conspirateurs. Quand nous l'avons appris à nos parents, ils n'ont pas trop su comment réagir, car ils ignoraient ce que, nous, nous savions. J'ai fait le tri des vêtements de bébé, mais je n'ai presque rien gardé, car je ne voulais pas que mon enfant à naître porte les mêmes choses que Rory. J'ai donc profité de mes courses habituelles pour acheter de la layette, et j'ai tout stocké dans le placard de la chambre d'amis. Quant à moi, j'ai adopté des habits suffisamment amples pour que ma grossesse demeure invisible.

Nous n'avons rien dit à Max. Nous ne savions pas comment lui annoncer la nouvelle. Et puis, par un beau dimanche printanier, alors que j'étais allongée sur mon lit et qu'on voyait le soleil briller par la fenêtre, Max est entré dans ma chambre. Il en avait assez de regarder la télé et de jouer sur son ordinateur. Soudain, après avoir bavardé un moment, il a tiré sur la couette, découvrant mon ventre nu et aussi bombé qu'une carapace de tortue. Il l'a examiné, puis il s'est couché à côté de moi en posant la tête sur cet oreiller improvisé. Il est resté un bon moment dans cette position, avant de se redresser et de braquer sur moi ses grands yeux sérieux.

— Il est toujours vivant ?

— Oh ! oui, Max. Il est bien vivant.

Un cadeau de dernière minute

L'oie pesait si lourd que j'ai été déséquilibrée en la sortant du four et que j'ai failli tomber. La graisse avait fondu, de sorte que le volatile semblait perché sur la grille de cuisson, au-dessus d'un récipient plein d'huile bouillante. C'est bizarre, me suis-je dit, on s'attend toujours à trouver davantage de chair sur une oie. Et attention à la graisse ! Elle crépitait si fort sous l'effet de la chaleur qu'une goutte m'a brûlé la joue et tiré des larmes des yeux. J'ai aussi songé à quel point j'aurais aimé la verser sur la tête de Trevor. J'imaginais le résultat : son visage défiguré, sa peau partant en lambeaux, ses globes oculaires carbonisés. Mais était-ce suffisant pour le tuer ?

J'ai déposé l'oie dans le plat ovale décoré de feuilles et d'oiseaux bleus que tante Lucy nous avait offert le jour de notre mariage. Puis j'ai versé la graisse dans deux cruches en terre cuite avec mille précautions. Quand elle tombe sur du lino, il est presque impossible de l'enlever, comme je l'avais appris à mes dépens. La graisse d'oie est la matière la plus glissante dont dispose l'humanité, mais elle est précieuse pour les fritures, pour arroser les viandes et pour beaucoup d'autres usages. J'ai descendu l'escalier très raide et assez traître qui mène à la cave avec les deux cruches, et j'y ai accompli mes ultimes préparations. Enfin prête.

C'était le moment crucial de mon Débarquement en

Normandie. Jour J, heure H. J'avais préparé le pudding au mois de septembre et terminé mes achats de Noël à la mi-novembre. Le 23 novembre, vers 19 h 30, j'avais décroché notre téléphone et appuyé sur la touche de rappel du dernier numéro composé, et j'avais eu au bout du fil une dénommée Lynn Chambers, la femme que mon mari avait baisée durant tout l'automne. J'ignore s'il en avait baisé d'autres depuis ce soir de mai où il s'était agenouillé devant moi, en larmes, et où il m'avait promis que tout allait changer désormais. En tout cas, c'était la première que j'identifiais. Dès le 20 décembre, une guirlande ornait la porte d'entrée. Le lendemain, j'ai acheté deux sapins, un grand pour le séjour et un petit pour l'entrée, et je les ai décorés avec l'aide de Sandy (dix ans, supporteur d'Arsenal) et de Lily (six ans, passionnément attachée à son poney en plastique rose). Sandy m'a dit que c'était pour lui la plus belle période de l'année, ce qui m'a fait pleurer. J'ai fini d'emballer les cadeaux dans la soirée du 23. Dans la matinée du 24, j'ai préparé les gâteaux et la farce de l'oie. L'après-midi a été consacrée à l'épluchage des choux de Bruxelles, à la cuisson du jambon et à l'assaisonnement du chou rouge avec des clous de girofle et des pommes râpées. Puis j'ai vérifié les assiettes, les verres et les serviettes. Trevor est rentré tard le soir de Noël. Pendant qu'il sirotait son whisky, je lui ai dressé la liste de ce que j'avais acheté aux enfants en notre nom commun afin qu'il ait l'air d'être au courant.

Le 25 au matin, je me suis réveillée en sursaut. Sandy me regardait, tel un fantôme miniature noyé dans l'obscurité. Lily se tenait derrière lui, encore plus petite et encore plus pâle. Ils voulaient ouvrir leurs cadeaux. Comme le réveil indiquait 3 h 50, je les ai renvoyés au lit. Ils sont revenus plusieurs fois, à une demi-heure d'intervalle, et j'ai fini par leur donner mon autorisation à 6 h 30. Ils ont traîné leurs bas de Noël — des bas qui ressemblaient à des traversins bourrés à craquer — jusque dans notre chambre pour en vider le contenu sur le parquet. Pièces en chocolat, crayons de couleur, ballons de baudruche, toupies musicales, bâtons de maquillage. Trevor s'est rendormi pendant que je les observais. Ses paupières, légèrement entrouvertes, révélaient quelques millimètres du blanc de ses yeux, comme s'il était déjà mort. Un peu plus tard, tandis que Sandy et Lily tâtaient les gros cadeaux sous le sapin, j'ai servi à Trevor son petit déjeuner au lit : café, croissant, orange fraîchement pressée. Il a paru étonné. Il m'a fait penser à un cochon, à un bœuf ou à une volaille destinée au repas de Noël. Ensuite, j'ai préparé les légumes, garni l'oie et mis la table dans la salle à manger. Je lui avais laissé le choix entre une dinde et une oie, et il avait opté pour la seconde. J'ai lu que les condamnés à la peine capitale choisissent souvent un hamburger et une glace avant de s'engager dans le couloir de la mort.

Ma sœur Debbie est arrivée un peu avant 11 heures avec ses deux filles, Dora et Milly. Nous nous sommes embrassées en nous serrant l'une contre l'autre encore plus fort que d'habitude. Trevor était déjà parti au pub, mais j'ai ouvert une bouteille de champagne, et nous avons grignoté des blinis avec du saumon fumé et de la crème fraîche. C'était son premier Noël depuis que Paul l'avait quittée. Il était venu de bonne heure pour voir les enfants ouvrir leurs cadeaux et pour la remercier des achats qu'elle avait faits en son nom. Puis il était allé retrouver Alison, cette *abominable salope*, pour reprendre l'expression que Debbie m'a murmurée au creux de l'oreille lorsque les enfants se sont éclipsés tous les quatre afin de commencer à casser leurs nouveaux jouets. Debbie a maigri, elle a les yeux rouges en permanence, et de nouvelles rides sont apparues sur son visage.

Oui, ma sœur et moi, nous nous apprêtons à vivre les derniers jours d'une année mouvementée. J'ai oublié de mentionner un détail. Après avoir appuyé sur la touche de rappel du dernier numéro composé dans la soirée du 23 novembre, j'ai eu une longue conversation avec Trevor — un échange de vues d'une grande franchise qui a duré jusqu'aux aurores du 24 novembre. Quand je lui ai dit que je comptais demander le divorce et qu'il allait devoir vider les lieux, il a eu ce drôle de petit sourire qui m'avait tellement séduite quand je l'avais rencontré au mariage de Ginny. Il avait dû préparer sa réponse à l'avance, car il m'a déclaré sans ambages qu'un divorce serait une affaire aussi pénible pour moi que pour lui. Je lui ai rétorqué que l'affaire se résumait à une succession d'adultères. Peut-être, m'a-t-il dit, mais il avait des soucis professionnels, et comme j'étais beaucoup plus riche que lui, il avait l'intention d'exiger une pension alimentaire.

— Tu plaisantes ? J'aurai la garde des enfants. J'aurai…

— C'est moi qui aurai la garde.

— Qu'est-ce qui te fait croire ça ?

De nouveau, il a eu son petit sourire, comme si je venais de tomber dans le panneau.

— Tu as eu des problèmes de santé mentale autrefois.

— Quoi ?

— Je me suis renseigné auprès d'un avocat. La sécurité de nos enfants est en jeu. Et cela coûte si cher de les élever aujourd'hui. Je serai peut-être obligé d'arrêter de travailler pour m'y consacrer à plein temps. Il paraît que les juges apprécient ce genre d'attitude, qui dénote un sens certain des responsabilités.

Quand Trevor parle de mon argent, il fait allusion aux actions que je possède dans la société de mon père. Et qu'en est-il de mes problèmes de santé mentale ? Juste après la naissance de Lily, une de mes amies m'a dit qu'elle avait vu Trevor en train de prendre le petit déjeuner avec une femme dans un hôtel de Bray, où il était censé assister à un congrès. Alors j'ai un peu perdu la boule. Trevor est devenu une véritable obsession : tantôt je piquais des colères, tantôt je fondais en larmes devant le rayon des fruits et légumes au supermarché. Comme j'avais de plus en plus de mal à me lever le matin, j'ai passé quelques jours dans une maison de repos pour me remettre les idées en place. Depuis, il m'arrive de prendre des médicaments. Voilà ce qu'il entend par mes problèmes de santé mentale.

Nous avons terminé la bouteille avec une étonnante rapidité, pendant que Sandy faisait brailler Dora en lui tirant sur les tresses et que Lily maquillait Milly en lion avec les bâtons que le Père Noël venait de lui apporter. Du coup, Milly a fait pipi sur le sol de l'entrée, et elle a dérapé dans la flaque. Ils avaient hâte d'ouvrir leurs cadeaux, mais nous avons coutume d'attendre la fin du déjeuner. Ils avaient également hâte de se mettre à table, mais nous déjeunons toujours tard ce jour-là. Après tout, Noël est une histoire de traditions : vous reproduisez avec vos enfants la façon dont vos parents agissaient avec vous.

Trevor est revenu du pub à 14 h 30. Il s'est assis au milieu du canapé pour lire les journaux de la veille. J'ai disposé le jambon sur la table, ainsi que la confiture de canneberge, la sauce à la mie de pain, les choux de Bruxelles, le chou rouge et les pommes de terre rôties à la perfection, avec leur peau soufflée aux reflets dorés. Debbie, de son côté, a mis deux diablotins sur chaque set de table.

Quand tout a été prêt, j'ai posé l'oie sur le plat prévu à cet effet et appelé les enfants, qui étaient anormalement silencieux au premier étage. Après avoir ouvert une bouteille de vin rouge, j'ai aiguisé le couteau à découper et éprouvé le tranchant de la lame sur mon pouce.

— Je m'en occupe. C'est un travail d'homme.

J'ai regardé mon mari, ce type qui baisait Lynn Chambers et qui voulait me voler mes enfants, et j'ai songé : je pourrais te le planter dans le corps. Je pourrais traverser la pièce comme une furie et t'enfoncer dans la poitrine ce couteau luisant à la lame bien aiguisée. On conclurait à un crime passionnel : une épouse poussée à bout qui finit par sauter le pas. Il paraît que de nos jours certaines femmes tuent et s'en sortent sans problème. Ma main s'est refermée sur le manche du couteau, et j'ai respiré profondément.

— Ah, te voilà !

Je lui ai tendu le couteau, et je suis allée installer les enfants. Debbie avait déjà rempli les verres de vin et vidé le sien. Elle était rouge pivoine. À la première occasion, j'ai resservi un verre de vin à Trevor.

Sans fausse modestie, je dois dire que tout était parfait. L'oie était tendre, les pommes de terre farineuses à l'intérieur et croquantes à l'extérieur, le chou délicatement épicé. Même les choux de Bruxelles étaient délicieux : un peu fermes au milieu et mêlés à des morceaux de châtaigne — comme le recommandent les grands cuisiniers à la télévision. Nous avons fait éclater des diablotins, mis des chapeaux ridicules et lu des blagues à haute voix. Milly a renversé de la limonade, et j'ai épongé les dégâts. Trevor, dont la cravate était tachée de graisse, a lâché un rot sonore. Son visage s'était empourpré. Si j'avais allumé un gros pétard juste derrière son dos, il serait peut-être mort d'une crise cardiaque.

J'ai changé les assiettes pendant que les enfants faisaient éclater leur second diablotin. J'ai renversé le saladier sur le plat que Debbie m'avait rapporté du Maroc, et le pudding est apparu — une demi-sphère de couleur sombre constellée de fruits confits. Après l'avoir fait chauffer dans une petite casserole, j'ai versé du cognac sur le gâteau, puis j'ai craqué une allumette d'un geste théâtral. Les flammes ont jailli sous les cris admiratifs des enfants. J'ai lu quelque part que les enfants supportent beaucoup mieux la mort de leur père qu'un divorce. À moins que je ne l'aie imaginé.

J'ai enfoncé le couteau dans la masse spongieuse du pudding et taillé une première part. La pâtisserie est à la fois un art et une science. Il faut respecter minutieusement les quantités, sinon cela ne marche pas. J'aurais pu modifier un peu la recette en ajoutant une pincée de cyanure, un peu de verre pilé, ou encore une dose du flacon de mort-aux-rats qui est rangé sur l'étagère du haut dans l'appentis du jardin. Mais j'ai toujours été mauvaise en chimie.

La nuit avait commencé à tomber. En dehors de la cuisine, les seules lumières provenaient du sapin. J'ai versé le fond de la bouteille dans nos trois verres. Ma main ne tremblait pas.

— Une autre bouteille de vin, Trevor ?

— Je pensais que nous allions passer au porto.

— J'ai envie d'un peu de vin rouge, s'il te plaît.

Mon ton était sans appel.

— J'y vais, a proposé Debbie.

— Trevor va s'en charger.

— Il est dans la cuisine ?

— Non, à la cave.

Trevor s'est levé. Les pieds de sa chaise ont frotté sur le parquet. Il chancelait un peu sur ses jambes. Sa couronne de papier rose lui masquait un œil, l'autre me fusillait du regard. Après l'avoir regardé sortir du séjour, j'ai contemplé le champ de bataille qui m'entourait. Mais je me suis aussitôt radoucie : Noël tirait à sa fin. Aux quatre coins de la Grande-Bretagne, des femmes dans mon genre rêvaient d'assassiner tel ou tel membre de leur famille. Debbie a surpris mon sourire, et elle m'a souri à son tour.

L'inspecteur était assis en face de moi dans le séjour silencieux. Une femme vêtue d'une jupe grise et d'un gilet de laine brune se tenait à ses côtés.

— Je vous présente le Dr Grace Schilling, qui est psychologue.

— Je m'en veux terriblement.

Elle s'est penchée vers moi et a posé sa main sur la mienne.

— Il ne faut pas dire ça.

— La graisse d'oie sur les marches de la cave... ai-je murmuré en me tapotant les yeux avec un mouchoir.

Après un moment de silence, le Dr Schilling a repris :

— Y a-t-il quelque chose que nous puissions faire pour vous ?

— Oui.

De nouveau elle s'est penchée vers moi :

— Je vous écoute.

— Nous n'avons rien entendu à cause du bruit des enfants. Il a dû s'écouler au moins vingt minutes avant que nous le trouvions. Je n'arrête pas de me poser la même question : a-t-il ressenti une grande douleur ? A-t-il beaucoup souffert ?

L'inspecteur et la psychologue ont échangé un regard embarrassé.

— N'y pensez plus, m'a dit le Dr Schilling.

Je n'ai pas suivi son conseil.

TABLE DES MATIÈRES

Impression réalisée par

CPI
Brodard & Taupin

54910 – La Flèche (Sarthe), le 28-10-2009
Dépôt légal : novembre 2009

POCKET – 12, avenue d'Italie - 75627 Paris cedex 13

Imprimé en France